KB056101

윤석열의
시간

윤석열의
시간

시사평론가 **김대우**

태웅출판사

차례

2장 '플랜B'는 허상이다

3장 지는 해와 뜨는 해

4장 "석열 형! 세상이 왜 이래"

5장 단일화 변수

6장 JP없는 20여년

거기 누구 없소?

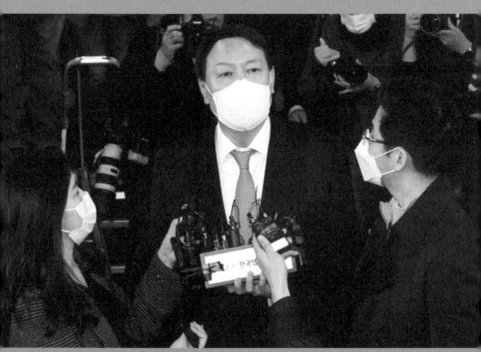

▲ 떠나는 검찰총장의 예사롭지 않은 눈빛.

그의 등장을 한마디로 표현하면,

"여보세요, 거기 누구 없소?"란 국민들의 갈망에 대한 응답이다.

문재인 정권의 폭주 4년 차에 이르러. 야권에 비로소 한 줄기 희망의 빛이 보인 것이다.

정치인 평가에 인색한 김종인 비대위원장은 2021년 1월초 한 라디오 방송을 통해, **"인간이 살아가는 과정에 별의 순간은 한 번밖에 안 온다. 윤 총장은 별의 순간이 지금 보일 것"**이라고 처음으로 윤석열의 위상을 언급하게 된다. **독일어로 '별의 순간(Sternstunde)'은 '운명의 순간'이란 의미다.**

그는 한때 별이 되었던 안철수와 박근혜, 문재인 진영에서 계책을 내고 명망을 얻은 특이한 책사다. 40여 년간 여·야를 넘나들며 전국구 의원만 무려 5선을 한 경력으로, 본능적인 정치 감각에서 언론을 향해 던진 메시지였다.

"그 별의 순간을 제대로 포착하느냐에 따라 자기가 국가를 위해 크게 기여할 수도 있고, 못할 수도 있다"면서 일단 윤석열의 의중을 떠본 셈이다. 결론은, 윤 총장이 여론의 흐름을 잘 읽고 정치에 나설 타이밍에 "대권 뜻이 선다면 먼저 나를 찾아오라"는 노골적인 암시라고 본다.

"끝까지 간다!"

2020년도 들어서 1년 이상 검찰총장 윤석열을 분석하며 가장 불확실했던 점은 '과연 끝까지 버텨낼 수 있느냐?'란 의문이었다. 하지만 집요한 문 정권 하수인들의 핍박을 받으면서도 그 스스로 "끝까지 간다!"고 했다는 말을 전해 듣고, 임기와 관계없이 대권까지 염두에 둔 의연依然한 행보라는 확신이 비로소 들었다.

이 책 〈윤석열의 시간〉은 그가 야권의 대권 경선 후보로 본격 나서기까지 부딪치게 될 다양한 변수들과, 결선 레이스를 완주하기까지 상대들과의 접점을 예견하고 그만의 경쟁력에 비교 현미경을 들이댄 유일한 분석서다. 윤석열의 침묵에 궁금한 이들과 지난 4.10일 출범한 충청권의 〈윤공정포럼〉에는 들여다볼 새 창이 열릴 것이다.

그 여정에 뜻을 함께하며 출간에 큰 도움 주신 태웅출판사 조종덕 대표의 애국적 결단에도 고마움을 표합니다. 여의치 않게 출간이 늦춰지는 막바지에 이르러 고교 친구 오저한과 동기들의 격려가 큰 힘이 되었습니다.

2021년 5월 10일.

강화도 마니산에 올라 다시 받은 氣勢로…

시사평론가 / 전기 · 사사 전문작가

1

왜
윤석열의
책을
쓰는가?

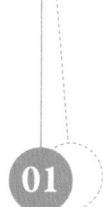

숙명Predestination의 타이밍

▲ 이제 상식과 정의가 다 무너졌다! 검찰은 여기까지.

권權은 '저울 추'錘를 뜻한다.
벽시계에 매달려 움직이는 똑딱이도 추錘다.
그 추가 진자振子로서 일정하게 좌우로 왕복하는 힘이
곧 균형均衡이다.

형衡은 저울대를 의미하며,
균형을 잃는다는 말은 저울대가 기울어지고 있다는
뜻으로, 권력權力이란 그 힘을 나누는 것이다.

나누었던 권력이 일방으로 쏠리는 현상을 정치적으로
독재獨裁라고 규정한다.
그건 저울추의 기울기가 한쪽으로 기우는 정치적 위
기상황으로 고조되는 긴장의 균형이 깨진 시점에서 비
로소 대사를 도모할 명분名分을 얻게 되는 것이다.

대통령의 권력과 검찰총장의 권력이 크게 충돌했으
나, 헌법수호 의무가 대통령과 검찰총장에게 명백하게
헌법에 규정되어 있다. 하지만 두 사람의 갈등은 불의와
정의의 대결 구도로서, 윤석열은 검찰총장이기도 하지

만 어느새 상당한 기간 국민의 분노를 대변하는 상징적 존재가 되어버렸다.

정권에 대한 불신에 더하여 부패의 당사자들이 법무 장관이 되어 법치를 농단하니, 박근혜 탄핵에 가장 분노했던 대구에서부터 레임덕이 비등하는 것은 너무나 당연하다. 윤석열 총장이 대구고검을 마지막 순방지로 공식 방문한 시점을 선택해서, "검수완박이면 부패완판이다: 검찰수사권을 완전히 박탈하면 부패가 판을 치는 세상이 온다(줄임말)"라고 카운터펀치를 날린 타이밍 또한 절묘했다.

윤석열의 40년 지기 석동현 전 검사장은 2021년 초의 이런 정치 상황을 규정하여⋯윤석열 총장에게 "내 목을 치라며 분연히 일어나 결기 보여야 할 때"라고 했다. 원군은 천하에 가득하니 총장 자리에 연연하지 말고 기치 旗幟를 들고 나서라는 메시지였다.

결국 2021년 3월 4일 오후는⋯ 장고長考 끝에 검찰 총장으로서 긴장된 균형을 깨고 결단해야 하는 숙명

▲ 대검청사 퇴근길의 홀가분한 마지막 인사

시간 흐름에 따른 관심도 변화   Google Trends

● 박영선   ● 윤석열   ● 서울시장   ● 오세훈   ● 안철수

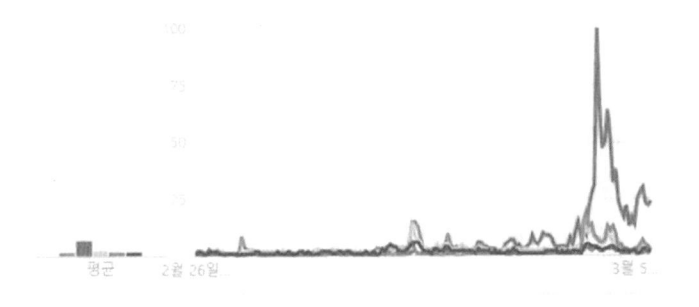

▲ 서울시장 보궐선거 한 달 앞둔 시점. 윤석열 총장에게 쏠린 민심
– 구글 트랜드 추이

Predestination의 타이밍으로 기록되었다.

물은 배를 띄우기도 하나 여차하면 뒤집기도 한다. 윤석열은 춘풍에 돛을 올리고 의기양양하게 띄워진 일엽편주一葉片舟다. 여론이란 이름의 모든 시선이 이 배의 미세한 흔들림도 지켜볼 것이다. 어느 순간 일진광풍一陣狂風이 몰아칠지 모르고 갈 길은 멀다. 파도가 거대한 해일이 되어 밀어닥쳐도 의연하게 버텨내야 할 숙명이다.

▲ 대검청사 앞에 화환과 박수가 터질 때 떠나

시대정신(Zeitgeist)과 희생의 결단이 결합하면 정치적 소명召命이 되고, 비로소 숙명(宿命–피할 수 없는 운명)으로서 정치를 하는 것이다.

좌파 운동권이 악착같이 선장실을 점거한 채 북진을 감행하려는 기득권의 발악은 결사적일 수밖에 없다. 거기에 왜곡된 사실과 조작된 여론조사들로 쉼 없는 인신공격이 사이비 언론에 의해 증폭될 것이다.

정치를 떠나면 달리 할 일이 없는 운동권은 오로지 그들의 생태계를 지키기 위해 저지르지 못할 일은 세상에 없다. 인간에 대한 예의나 생명에 대한 존중은 아예 기대하지 말자. 그들의 위장된 구호, 소위 '사람 사는 세상'을 위해서라면 선거 중립도 무시하고, 혈맹인 미국과도 등을 돌린다.

윤석열은 검찰총장이란 공직 대신 야생의 정치판에 자신의 미래를 승부수로 던짐으로써, 자유민주주의를 지키기 위해 스스로 이글거리는 사자 우리에 결연하게 들어서는 선택을 했다.

02

왜 윤석열의 책을 쓰는가? Ⅰ

지난 4월부터 잇따른 윤석열 관련 책 4권의 출간에 관해, 일부 내용이 황당하다는 부정적 입장이 여럿 나온 것으로 전해졌다.

심지어 책 내용을 비판한 중앙지 기사에 해당 저자가 거세게 항의하고 기사를 내리기까지 했으니, 한편 노이즈마케팅(noise marketing:의도적으로 구설에 노출시켜 소비자들 이목을 끄는 마케팅 전략) 같은 냄새도 나긴 한다.

대선후보들은 노출을 감수해야 한다. 이게 두려우면 출마하지 않으면 된다. 신문기사가 자신에게 불리한 내용이라고 "왜 이런 기사를 쓰는가?"라고 개인적으로 화를 낼 수는 있다. 하지만 이 문제는 기본적으로 '언론·출판의 자유에 관한 문제'와 '국민의 알권리'에 대한 차원의 접점이다.

대부분 콘텐츠도 빈약하지만 출판사가 투자해서 출간하는 책들이라 위험부담이 많아 아무나 선뜻 낼 수도 없다. 독자들이 현명하니 집단지성에 맡기고 내버려두면 된다. 노무현이 대통령이 되자 우선순위로 감사의 자리를 마련한 게 바로 자신의 책을 써준 저자들과 출판사 대표들이란 사실은 뭘 의미하나?

필자에게 **"왜 윤석열의 책을 쓰는가?"** 묻는 정치인들이 많다.

이 분야는 JP와 박찬종의 대권도전이 무산되는 과정을 현장에서 지켜본 이후 30년 동안 축적된 노하우가 있기 때문이다. 그 시대마다 대통령감이 등장하게 되는 필연과 우연의 경계에 대한 탐구로 칼럼과 책을 가장 많이 쓴 이력의 산물이라 할까. 거론되는 모든 대선후보들로부터 집필 의뢰를 받았으나, 내키지 않아 1년 전부터 윤석열에게만 집중하게 되었다.

한 가지 확실하게 집고 넘어가니 오해는 마시라. 전직 대통령이 현직에서 한 잘못으로 탄핵되고 투옥되는 것과 필자는 아무 관련이 없다. 애초에 그 후보들이 지지도 2~3위에 불과할 때 먼저 책을 내고 지지도를 올려 1위로 올려가는 프로젝트를 가동했을 뿐, 그 후는 관심도 없었다. 당선 직후부터 자칭 공신이라고 침 흘리는 파리들이 어떤 결말을 맞는지를 알기에…

노무현-이명박-박근혜

그 생생한 증거를 필자가 쓴 책의 연도별 수순手順으로 보여주려 한다. 창작 풍자집 〈노무현도 못 말려〉는 월드컵 직후 2002년 8월 펴낸 책이다. 그 시기는 노무현지지도가 13%로 하락하여 이회창-정몽준에 이어 3위가 되자 여당의 후보 교체 압박이 심할 때였다. 나는 그 속에서 정몽준과의 단일화 성사 가능성을 최초로 예측한 것이다.

누구도 보지 못했을 때 세상에서 혼자 상상해낸 결과,

▲ 2002년 11월 15일 밤 후보 단일화 방식에 합의한 뒤
국회 인근 포장마차에서 서로 팔을 걸고 소주잔으로 '러브샷'

석 달 뒤 11월 초 미리 〈창을 깨는 노·정풍〉이란 책의 원고도 같은 출판사로 넘겼으나 이회창 바람에 겁먹고 출판사가 대박을 놓친 케이스다. 포장마차에서 노무현과 정몽준이 소주잔을 부딪치는 사진이 전국의 신문 1면을 도배했으니… 여의도 길거리에서만 하루 1만권 이상 대선 일까지 한 달을 팔 수 있는 일생의 찬스였다.

그렇게 12월 19일 대선을 뒤집는데 한 달밖에 걸리지 않았다.

후보는 쓸 시간도 없고 소질이 없다

그렇다면, 후보가 직접 책을 쓰면 되지 왜 제3자들이 허락 없이 책을 내느냐란 의문이 생길 것이다. 이회창이나 정몽준 후보가 그런 반전을 어찌 짐작이나 하겠는가. 답은 간단하다. 후보 자신은 대부분 그런 소질이 없고, 무엇보다도 시간이 없다. 가장 중요한 문제는 자신이 직접 쓰게 되면 스크린screen 하지 않으니 자랑거리만 쓰게 돼 재미없는 책이 된다. 대체 누가 그런 책을 돈을 내고

역대 주요 대선후보 자서전 판매권수

후보	책 제목 (출간연도)	판매권수
김대중	새로운 시작을 위하여 (1993년)	약 90만부
이회창	아름다운 원칙 (1997년)	약 40만
이명박	신화는 없다 (2005년)	약 80만
박근혜	절망은 나를 단련시키고 희망은 나를 움직인다 (2007년)	약 130만 (중국에서 117만부 팔림)
문재인	문재인의 운명 (2011년)	약 30만
안철수	안철수의 생각 (2012년)	약 70만

자료=김영사·위즈덤하우스·가교출판(일부는 재출간 책이 포함되거나 빠짐)

▲ 조선일보 4.24일자 [아무튼, 주말] 대선, 앞으로 1년
서점가도 관련서 붐. 그래프 옮김

사보겠는가. 그냥 줘도 안 본다.

위 그래프는 역대 대선후보 관련 책의 출간과 의미 있는 자료기에, 후보 명의 자서전이란 점에서 그대로 인용해 본다. 물론 이 책들도 저자가 직접 쓴 게 아니라 제3자가 정리한 것이고, 통계 역시 출판사 측의 일방적 자료니 그대로 믿을 건 못 된다.

대선은 바람으로 치르는 선거다

바람을 타면 이기고 바람이 조직
에 밀리면 진다. 그 바람을 선도하
는 게 대선후보를 알리는 책이다.
후보는 그 다음이다. 예컨대 필자
가 대선일 2년 전 〈박근혜와 커피 한잔〉 이란 책을 펴낸

▲ 대선 2년 전, 2010년 11월 21일
신촌 거구장의 〈박근혜와 커피 한잔〉출판기념회

얼마 후, 박근혜 후보는 당내 행사장에서 종종 커피포트를 직접 들고 서빙을 하는 모습으로 의원들과 소통했다. 누가 하라고 시킨 게 아닌 당시로서는 자발적이고 파격적인 행동이었다.

평소 공주처럼 처신한다는 비판과 함께, '레이저 눈빛'으로 중진 의원들을 압도했던 냉정하고 차가운 이미지를 해소하는 역할을 책 표지 사진 한 장이 먼저 시작한 것이다. 그런 식의 SNS로 전파되는 모든 콘텐츠의 출발이 책이란 사실 대선캠프는 다 인정하고 있다. 1,000만 관객을 동원하는 대박 영화들의 흥행도 한권의 책이 시나리오로 변신한 것처럼.

'이회창 바람'이란 말 들어본 적이나 있는가?

10여년 넘게 대통령 후보만 세 번 하다가 사라진 한나라당의 이회창. 경기고와 서울법대를 나와 공부 잘 하고 집안 좋아 출세한 배경에, 대쪽 이미지의 원칙주의자라는데 무슨 궁금함과 볼거리가 있으랴! 계속 떨어진 데는

다 소이연(所以然:그렇게 된 까닭)이 있다.

목포상고를 졸업한 김대중과 부산상고 출신의 노무현에게 더 호기심이 갈 수밖에… 마침내 동지상고 출신의 이명박에게도 밀렸다. 공장과 막노동판을 전전한 소년가장이나, 가난해서 학교도 못 다니고 방송통신대 강의나 검정고시를 거칠 수밖에 없었던 청년들이 꿈꾸는 대통령. 아이들의 돌반지를 팔거나 돼지저금통이라도 들고 나올만한 스토리텔링의 위력도 결국은 책이 만든 이미지다.

▲ 2011년 11월 3일 대선 1년 전 경부 구미
박정희 대통령 탄신 기념행사장에서.
당시 〈구미희망포럼〉 회원들이 스스로 나선 필자의 책 판매.

03

왜 윤석열의 책을 쓰는가? II

대선이 무슨 놈의 정책대결이라고?? 자칭 당의 전문가나 교수들의 농간이거나 웃기는 소리다. 처음부터 끝까지 이미지 전쟁일 뿐이다.

유권자가 후보의 외교정책이나 노동정책을 보고 표를 준 경우는 결코 없다. 최근에는 무슨 명분이든 붙여서 돈을 풀겠다는 말에만 귀를 기울인다. 2005년 4월 5일 강원도 양양 낙산사 일대를 잿더미로 만든 대형화재는 강풍이었다. 한줌 불씨가 들판을 다 태우기까지 바람

▲ 낙산사를 통째로 삼키는 강력한 봄바람의 위력

이 없으면 어디 가능이나 한가.

불씨가 바람을 타고 산과 국도를 건너가기 시작하면 출동한 소방차도 불태우고 헬기마저 날려 보내니 속수무책이다. 대선도 그렇게 순식간에 바람으로 치른다는 것을 알 사람은 다 안다.

"바보야, 문제는 이미지야!"

경쟁후보가 어떤 이미지로 치고 나오느냐? 에 따라 변신을 거듭할 일. "독재타도" / "군정 종식" / "반값아파트" 얼마나 명쾌한가. 그 이미지를 깨부수기 위해 음해를 하고 마타도어(matador: 근거 없는 조작과 흑색선전)를

▲ 국민일보 2007.1.25일자 기사.
대선을 앞두고 왼쪽부터 2,3,5번째 세권이 필자가 쓴 책

하는 것이다. 2007년 대선 당시 노무현의 '말 잘하는 대통령'에 대비하여 이명박의 '일 잘하는 후보'란 이미지 부각도, 필자가 고심한 차별화 전략이었다.

서울시장 보궐선거에서, 미수에 그친 오세훈 후보를 향한 '내곡동 동태탕'과 선글라스 쓴 외제 백구두에 백바지가 바로 흑색선전의 전형이다. 사실여부 보다도 더 큰 거짓말만 연일 나불대는 유튜브 채널들과 뻔뻔스런 민주당의 행태와 선동에 민심이 폭발한 것이다.

2012년 7월. 〈여풍당당 박근혜〉의 당당한 여성 후보 이미지와 함께, 책표지 뒷면에 '준비된 여성대통령' 이란 대선후보 메인슬로건을 처음으로 노출시켜 출마선언식장의 상징적인 의미를 극대화시켰다. 당일 오토바이 택배로 현장에 배송된 책 수백 권에 지지자들이 몰렸음은 당연하다.

▲ 대선 5개월 전. 7월 10일 오전 10시 대선 출마를 공식 선언하는 출정식 현장인 서울 영등포 타임스퀘어 광장에서 첫 선을 보인 〈여풍당당 박근혜〉

대선후보에 대한 호기심을 유발하고 증폭시키는 것은 확성기가 아닌 책이란 사실. 문민정부 YS이후 DJ와 노무현 / MB와 박근혜 / 문재인에 이르도록 20년간 각 진영에서 평균 100만 권에 가까운 책이 나왔다. 이 기준에 미달한 후보들은 전부 다 탈락했다. 이회창 / 정동영 / 홍준표 등 대선 본선의 준우승 후보들이 물먹은 이유다. 오직 안철수만 이 조건을 훨씬 충족하고도 대통령이 못 된 유일한 후보다.

이 공식 하나만으로 박찬종과 반기문의 조기 몰락도 설명할 수 있다. 다행하게도 후보들 중에 윤석열만이 가진 최고 강점에 주목한다. 지난 대선에서 김경수와 드루킹 일당이 컴퓨터로 매크로 프로그램을 돌려서 대선 후보들의 이미지를 조작한 공작과정을 특검 수사과정에서 다 파악했다는 점. 이왕 들킨 범죄들만 해도 퇴임 후 구속될 사유가 충분하니 '검찰개혁' 헛구호로 계속 국민들을 선동할 수밖에….

안철수에 대한 10여년에 걸친 부정적인 이미지도 지

속적인 댓글 조작의 가장 큰 성과(?)였다. 때문에 그는 피해자로서 기를 쓰고 강한 어조로 여당의 비민주적 행태와 문재인의 인간성까지 성토하고 나선 것이다. '안철수정치'의 첫 출발은 MB · 박근혜정권 타도였으나, 도중에 크게 각성하고 탈당과 창당을 거듭하는 온갖 수단으로 문재인의 역린逆鱗을 건드리며 마침내 '강철수'로 변신한 이유다.

〈국민의힘〉보다 강한 '충청의 힘'

대선 전 여론조사에서 국회의원 100석 넘는 야당 후보보다

1년 이상 지지도가 앞서고 있는 유일한 케이스가 윤석열이다.

윤석열 개인이 제1야당보다 막강하다는 뜻이다.

현직 검찰총장이 야권의 유력한 대권후보가 된 사례는 전무후무하다. 유튜브에서 널리 알려진 TK출신의 인문 명리학자 혜명 류동학은 앞으로 10년간 윤석열의 대운을 예견하고 있다. 천운이 따르면 길은 저절로 열린다.

대중강연을 다니는 것도 아닌 검찰총장이 2021년 초 여론조사에서 일약 지지도 30% 이상 상승한 것은 그 저력을 보여준 것이다. 위기를 감지한 문재인은 2021년 연두 기자회견에서 가파른 지지도 상승을 우려하여, "윤석열은 문재인 정부의 검찰총장이다"라고 언급함으로써 김을 뺐지만 임시 진정제에 불과했다.

상승일로 '충청대망론'

여론조사에서 가장 힘든 지역이 충청도라고 한다. 충청인들은 평소에 그 속내를 잘 드러내고 있지 않으니 그렇다. 무슨 질문에 "알았어유!", "됐구만유~"라고 답하면 그 말이 긍정인지 부정인지 그야말로 각자 알아서 해석해야 한다.

하지만 해가 바뀌어 여러 차례 여론조사에서도 꺾이지 않는 윤석열의 지지로 인해 '충청대망론'은 상승가도에서 영남과 충청의 '영충연합론'으로 점점 세를 불려가고 있다. 소위 영남에 기반을 둔 제1야당이 변변한 대권후보도 없이 그저 무능한 정국에 끌려가는 것을 지켜본 성난 민심이 "이대로는 안 된다"고 대안을 찾아가는 과정이다.

그 앞장에 공주·부여출신의 5선 정진석 의원이 있다. 그는 지난 총선에서 "반드시 윤석열 검찰총장을 지키겠다"는 말만 반복하고도 당선되었다고 자랑했다. 비록 윤석열의 아버지가 공주 출신이지만 아들까지 뿌리로 연결되었음이 고향 사람들에 의해 1차로 확실하게 검증된 셈이다.

[대전일보 인터뷰]
국민의힘 정진석 국회의원

"충청대망론은 패권주의 극복 국민통합 담론"

정 의원은 지난 2017년 대선에서도 반기문을 통해 충청의 꿈을 실현하려다가 반기문의 도중 사퇴로 쓴맛을 본 경험이 있었기에, 이번만은 반드시 충청인의 단합을 끌어내야 할 사명감 차원의 의지를 갖고 있는 듯하다.

바야흐로 제1야당은 의석수에 대한 자존심을 버리고 윤석열로 수렴되는 '충청의 힘'을 인정해야 할 때다.

20대에 강속구 하나로 미국 메이저리그로 진출했던 공주 출신의 투수 박찬호와, 역시 20대 초반에 LPGA로 나가서 세계적 골퍼로 명예의 전당에 기록된 대전 출신 박세리의 두둑한 배짱도 알고 보면 다 뿌리가 깊은 '충청의 힘'이었다.

최고 검찰총장, 이명재의 선택

　율사律士들은 2002년을 가장 검찰총장답고, 검찰이 검찰다웠던 시절이라는데 다들 동감한다. 각종 비리로 레임덕에 걸린 DJ로부터 두 차례 영입을 받고 사양했던 이명재李明載 변호사 때문이다. 전두환·노태우 정권 시절 권력 비리에도 추상같았던 그는 경북 영주 출신의 제 31대(2002년 1.17 ~11.5) 검찰총장으로, 친구들과 저녁 모임에서 TV 뉴스 속보를 통해 총장에 임명된 사실을 알았다고 한다.

▲ 진정한 무사란…

　총장 취임사에서 "국민들이 검찰을 불신하는 이유는 검찰이 공정하지 못하다고 생각하기 때문입니다. 많은 국민은 검찰이 이른바 정치적 사건 등 중요 사건에서 특정 정당이나 정파에 유리하게, 또는 여당과 야당에게 상이한 잣대를 가지고 수사한다고 믿고 있습니다."라며, "공정하고 불편부당한 검찰권 행사"를 약속하고 그대로 실행했다.

　실제로 DJ정권 말기에 그 아들 셋 중 둘을 '권력형 부패' 혐의로 구속했다. 나아가 최고 권력자의 2인자를 자처하던 동교동계 좌장 권노갑도 구속했던 기개는, 양복

안주머니에 늘 사표를 넣고 다녔을 정도로 사심이 없었기 때문이다. 그런 총장도 임기의 절반을 채우지 못하고 11개월 만에 검찰청사에서 수사 중인 피의자 사망 사건의 책임을 지고 기꺼이 물러날 수밖에 없었다.

'진정한 무사는 겨울날 얼어 죽을지언정 곁불을 쬐지 않는다. 하늘을 나는 기러기는 무리 지어 날아감으로써 오래 날 수 있고 위엄도 생겨 어떤 난폭한 조류도 덤비지 못한다'고 취임사에서 언급했던 대로 조직을 위해 미련 없이 명예를 선택한 것이다.

그는 한 인터뷰에서 "검찰이 신뢰를 얻으려면 권력과 거리를 두는 게 핵심이다. … 대통령에게 '아니오'라고 말할 수 있는 용기와 고집이 있어야 한다."고 단언했다. 그래서 2012년 대선 때 문재인 자신의 입으로 "역대 총장 중 가장 신망 받은 분"이라고 공개적으로 인정했을 정도다.

당시 〈법무법인 태평양〉의 고문변호사로 재직 중이던

이명재가 검찰총장으로 영입될 때 설득해서 함께 검찰로 복귀했던 변호사가 바로 윤석열이다. 최고의 검찰총장 이명재의 임용에서 퇴진 시까지 그가 무엇을 보고 어떤 자세를 배웠을까? 온몸을 던져야 할 순간에 망설이지 않는 용장지하勇將之下에 결코 약졸弱卒이 있을 수 없다. 최고엘리트 집단 중 하나인 검찰에서 인정받은 리더십이라면 능히 나라를 이끌만한 재목으로 객관적인 검증을 거친 것이라고 봐야 한다.

▲ 퇴임 하루 전. 대구고검을 방문한 윤석열 총장

2021년 들어서 문재인 정권의 부패와 불공정에 윤석열 검찰총장이 '그건 아니오!'라고 거침없이 말한다는 이유로 다수당 의회를 앞세워서 검찰조직을 공중 분해시키려 했다. 이미 장악한 언론도 나팔수에 불과하니 무소불위의 독재정권과 다름없다.

수난은 검찰총장의 숙명으로, 윤석열은 검찰총장 취임하던 날 취임사에다 구체적인 시국진단과 소신을 밝힌 후 그 길을 따라 진퇴를 분명히 했을 뿐이다.

06

윤석열 검찰총장 취임사의 백미白眉

아래 윤석열 총장 취임사는
퇴임 후에 오히려 음미해볼 만한 내용이라 원문대로 전재
한다.

검찰 가족 여러분, 저는 오늘 이 자리에서 법집행 업
무에 임하는 여러분에게 이보다 더 본질적인 자세와
인식의 전환에 관해 꼭 당부할 말씀이 있습니다.

헌법 제1조에 '모든 권력은 국민으로부터 나온다.'고 규정되어 있습니다.

형사 법집행은 국민으로부터 부여받은 권력이고 가장 강력한 공권력입니다. 국민으로부터 부여받은 권한이므로 오로지 헌법과 법에 따라 국민을 위해서만 쓰여야 하고, 사익이나 특정세력을 위해 쓰여서는 안 됩니다.

검찰에 요구되는 정치적 중립은 법집행 권한이 국민으로부터 나온다는 헌법 정신을 실천할 때 이루어지는 것입니다.

또한 형사 법집행은 국민의 권익 보호를 목적으로 하지만 그 과정에서 필연적으로 국민의 권익 침해를 수반합니다. 따라서 법집행은 국민의 권익 보호라는 공익적 필요에 합당한 수준으로만 이루어져야 합니다. 수사를 개시할 공익적 필요가 있는지 기본권 침해의 수인 한계는 어디까지인지, 어느 지점에서 수사를 멈춰야 하는지 헌법 정신에 비추어 깊이 고민해야 합니다.

법절차에 따른 수사라고 하여 국민의 자유와 권리가 무제한으로 희생되어야 하는 것은 아닙니다.

헌법에 따른 비례와 균형을 찾아야 합니다. 특히, **문명 발전의 원동력**인 개인의 사적 영역은 최대한 보호되어야 함을 절대 잊어서는 안 될 것입니다.

나아가, 국민으로부터 부여받은 법집행 권한을 객관적, 합리적 근거를 갖추지 못한 고소·고발사건에 기계적으로 행사하여서는 안 됩니다.

형사사법제도를 악용하는 시도에 선량한 국민이 위

축되는 일은 없어야 합니다.

아울러, 소추 이후에 법적용의 오류가 발견되었다면 즉각 시정하여 잘못 기소된 국민이 형사재판의 부담에서 조속히 해방되도록 해야 합니다.

다음으로, 법집행 권한이 국민으로부터 나온 것이니만큼 국민을 위해 어떤 가치를 우선적으로 중시해야 하는지 말씀드리고 싶습니다.

저는 우리가 형사 법집행을 함에 있어 우선적으로 중시해야 하는 가치는 바로 공정한 경쟁질서의 확립이라고 생각합니다. 공정한 경쟁이야말로 우리 헌법의 핵심 가치인 자유와 평등을 조화시키는 정의입니다.

특히, 권력기관의 정치·선거개입, 불법자금 수수, 시장 교란 반칙행위, 우월적 지위의 남용 등 정치 경제

분야의 공정한 경쟁질서를 무너뜨리는 범죄에 대해서는 추호의 망설임도 없이 단호하게 대응해야 할 것입니다.

과거 우리나라의 법집행기관은 자유민주주의와 시장경제질서를 두 축으로 하는 우리 헌법체제의 수호를, 적대세력에 대한 방어라는 관점에서만 주로 보아왔습니다.

이제는 자유민주주의와 시장경제질서의 본질을 지키는 데 법집행 역량을 더 집중시켜야 합니다.

국민의 정치적 선택과 정치활동의 자유가 권력과 자본의 개입에 의해 방해받지 않고, 모든 사람에게 풍요와 희망을 선사해야 할 시장기구가 경제적 강자의 농단에 의해 건강과 활력을 잃지 않도록 하는 것이 우리 헌법체제의 본질입니다.

저는 이 자리에서,

우리 헌법체제의 핵심인 자유민주주의와 시장경제 질서의 본질을 지키는 데 형사 법집행 역량이 집중되어야 한다는 것을 다시 한 번 강조합니다.

그리고 저는 여성, 아동과 사회적 약자를 상대로 한 범죄와 서민 다중에 대한 범죄 역시 우선적인 형사 법집행 대상이어야 함을 강조하고 싶습니다. 이러한 범죄는 직접적 피해자만이 아니라 우리 모두에 대한 범죄이고 반문명적 반사회적 범죄로서 이에 소홀히 대처하는 것은 **현대 문명국가의 헌법 정신**에도 정면으로 배치되는 것입니다.

특히 이러한 범죄를 대처함에 있어 강력한 처벌은 물론이고 피해자에 대한 세심한 보호와 지원이 빈틈없이 이루어져야 합니다.

검찰 가족 여러분!

다시 한 번 말씀드리지만, 우리가 행사하는 형사 법
집행 권한은 국민으로부터 부여받은 것으로서, 법집
행의 범위와 방식, 지향점 모두 국민을 위하고 보호
하는 데 있습니다.

그러기 위해서는 헌법 정신을 가슴에 새기고, 국민
의 말씀을 경청하며, 국민의 사정을 살피고, 국민의
생각에 공감하는 '국민과 함께하는' 자세로 법집행
에 임해야 합니다.

그런 뜻에서 저는 여러분에게, 경청하고
살피며 공감하는 '국민과 함께하는 검찰'이 되자고
강력히 제안합니다.

그리고 저는, '국민과 함께하는' 자세로 힘차게 걸어

가는 여러분의 정당한 소신을 끝까지 지켜드릴 것을 약속합니다.

2019년 7월 25일

이명재 총장의 취임사 2,700여자에 비해 500자나 적은 2,200여자에 불과하다. 하지만 헌법수호 의지와 권력으로부터 검찰 중립을 강조하는 메시지는 훨씬 강하다. 그만큼 취임 당시부터 집권당의 반헌법적인 인식이 위험한 수준이고 노골적이란 암시가 담겨있다.

'검찰총장 취임사'란…

검사로서 더 이상 오를 곳 없는 정상에 서서 마지막 소신을 밝히는 것으로 검찰사에 길이 남는 기록이다. 공공기관의 조직 체계상 핵심 참모가 써 준 것이라고 해도 여러 차례 대검 간부들과의 감수를 거쳐 다듬어진 것이니 총장 자신의 생각이라 할 수 있다.

연설문 전문가 시각으로 보면 새삼 주목할 단어와 구절이 눈에 띈다.

첫째, 문명이란 단어는 누구나 아는 것이지만 공직자의 취임사 등 연설문에선 좀처럼 쓰이지 않는 말이다. 이 단어를 굳이 두 번이나 사용한 의도를 주목한다. 공정한 검찰권 행사를 넘은 보다 큰 차원의 국가경영 시스템 개혁에 대한 의지가 '현대 문명국가의 헌법정신'이란 표현에 담겨있다고 본다.

둘째, '자유민주주의와 시장경제질서의 본질'이란 자본주의 체제에서 너무도 당연한 것을 강조하고 있다. 검찰이 체제수호의 최선봉에 서야 한다는 당위성을 엄중하게 선포한 것이다. 취임 당시부터 문재인 정권이 반문명적이고 반자유민주주의적인 방향으로 가고 있다는 신임 검찰총장의 강력한 경고였다.

그는 이미 1980년 서울법대 재학 중 당시 실력자 전두환 보안사령관에 대한 교내 모의재판에서 검사역을

맡아 사형을 구형했을 정도로 원래 두려움이 없는 전형
적인 검사 체질이니, 문재인은 스스로 자기 눈을 찌른
셈이었다.

2

'플랜B'는
허상이다

07

윤석열 스타일

국정감사장에서 거침없이 자신의 소신을 피력했던
'윤석열 스타일'은 내면의 자신감에서 나온 것이다.

징계를 받든지 좌천되어 지방으로 가든지, 무리지어
탄핵을 시도하던지 간에 여·야를 좌고우면하지 않고
법대로 하겠다는데 무슨 거리낌이 있을 리 없다. 어떤
자리에서도 당당하면 이긴다. 좌파들은 그의 직진스타
일이 두려운 것이다.

검찰조직 아래 위는 물론 주변에서 사람들이 괜히 따르는 게 아니다. 걸을 때도 트럼프처럼 거의 양복 상의를 풀어헤치고 넥타이를 오픈한 채 어깨를 좌우로 크게 흔들며 다닌다. 상의 단추 하나만 열어보였을 뿐인데 대중이 감지하는 두둑한 배짱.

게다가 언제부터 몸에 스민 것인지 모르지만, 모든 사진들에서 공통적으로 보이는 기울기다. 항상 우측으로 상체를 일정한 각도 약간 기울어져서 걷는 습성. 척추가 기억하여 체질화되어버린 어쩔 수 없는 '형상기억형 우

파'라고 봐야 한다. 무리 속에서 우선 주목받게 되는 다소 삐딱한(?) 윤석열 스타일이다.

헌법을 지키기 위해 모든 것을 다 던지는 남자들이란 공통점이 있다. 문 정권이 법무부장관을 세 명이나 바꿔서 윤석열을 어찌하려 했으나 그럴수록 문제는 더 꼬여만 갔다. 실세 총장이든 식물 총장이든 정의를 실현하겠다는데 임기가 무슨 상관인가!

권불십년權不十年 사이클에서 벗어날 수 없다. 아무리 꽁꽁 숨겨도 청와대 정문을 나서면 특검과 국정조사가 기다린다. 부정부패는 반드시 드러나게 되니 결코 빛을 이길 수 없다. "닭의 목을 비틀어도 새벽은 온다"고 했다. 1980년대 최루탄 연기 자욱한 거리에서 닭장차에 강제로 실려서 끌려가던 YS의 명언이다.

08

대기만성大器晚成 파란만장波瀾萬丈

"검찰의 수사권 박탈은
민주주의 허울을 쓴 법치말살이다"

윤석열이 문 정권의 발가벗은 실체를 국민들에게 폭로한 발언으로, 그는 대기만성大器晚成의 전형적 인물이다. 대학 재학 시 사법시험 2차에서 고배를 마신 후, 1991년 만31세 되던 해 사법시험(33회)에 합격하여 주위 동기생보다 한참 뒤에 출발선을 떠났다.

의도치 않게 늦어진 급제及第 장면에서 문득 청년시절 이순신의 좌절이 떠올랐다. 그는 1572년 훈련원별과에 응시했으나 시험 도중 낙마로 다리가 부러지는 사고를 당해 4년을 더 기다려야 했던 불운이 따랐다. 그걸 극복하고 1576년(선조 9년) 2월, 식년무과式年武科에서 병과로 급제할 당시 나이도 역시 31세 늦은 나이였다.

장군의 나이 40세에는 서애 유성룡의 천거로 조선의 최전방 두만강 하구의 녹둔도鹿屯島 둔전관으로 겸직 중, 여진족이 침입하여 병사 11명이 죽고 병사와 백성 160여 명이 납치당한 일로 함경북도 병마절도사 이일에 의해 백의종군에 처해진다.(경흥부사 이경록과 군사를 정비해서 여진족 진영을 급습하여 60여 명 구출했으나…)

1592년 5월 7일 옥포해전에서 이순신이 첫 승을 기록한 날 새벽에 함선을 띄우면서… **"다들 가볍게 움직이지 말고 태산 같이 정중히 하라"**고 전령을 내렸다. 요즘으로 치면 대장군의 단체 카톡방 메시지였다. 윤석열이 아직 출마선언도 하지 않은 상태이니 사실 누구와도 일

합一合을 교환해보지 않았다. 일방적으로 구애받거나 씹히고 있는 상황에서 그의 카카오톡 프로필 메시지는 영문으로 'Be calm and strong—침착하고 강하게'을 띄워놓고 있다.

비록 한글과 영문으로 문자가 다를 뿐, 처음 전장으로 나서기 전의 두 사람 마음가짐이 너무도 똑같지 않은가!

삼도수군통제사로 임진왜란 전쟁 막바지 모든 해전에서 연전연승을 하였으나, 간계姦計로 모함을 받아 삼도수군통제사 직위까지 박탈당하고 두 번째로 백의종군하게 된다. 권율 대장군의 수하로서 묵묵히…

군주에게 오해와 미움을 받고 소환되어 국문을 당하는 수모를 겪고도 장군은 살아남아서 자신의 할 일을 다하며 전장에서 눈을 감는다. "전황이 급박하니 내 죽음을 적이 알지 못하게 하라" 이 말이 곧 유언이었다.

윤석열은 2002년 만 42세로 서울지검 특수1부장을

그만 두고 법무법인 태평양에서 1년간 재야 변호사로
재직 중 검찰총장이 된 이명재의 권유로 검찰에 복직하
게 된다. 이순신 장군의 40대에 혜안을 가진 형님 같은
유성룡이 있었다면 윤석열의 40대에는 자신을 알아주

▲ 유튜브를 통해 응원했던 우파의 원로 김동길 교수

는 강직한 선배 이명재가 있었던 것이다. 그 후 역시 원칙대로 수사하다가 정권의 눈 밖에 나서 좌천되어, 여주지청장과 대구와 대전 고검을 전전하며 고난을 감내한 시절이 있었다.

검찰총장이 된 후 청와대의 살아있는 권력들이 개입한 울산시장 선거부정과 월성 원전 조기폐쇄 의혹에 칼날을 들이대자, 전 방위로 퇴진 압력을 받는다. 하지만 소신대로 기소하고 검찰총장으로서 직무집행정지 처분을 당하기까지 두 번이나 백의종군의 심정으로 권토중

▲ 대통령이 검찰총장의 사의를 수용한 3.4일 저녁
대검찰청에서 퇴임식을 마치고.

66

래捲土重來하며 때를 기다렸던 것이다.

전시에 장수가 왕명을 어겼다는 이유로 소환 당했던 430년 전 충무공의 억울한 50대를 반추反芻해보더라도, 시대를 초월해서 고위 공직자로 원칙과 소신을 지켜 최고 권력자에 굴복하지 않는 것이 얼마나 힘든 일인지 짐작된다.

"검찰의 수사권 박탈은 민주주의 허울을 쓴 법치말살이다"
"어떤 위치에 있든 자유민주주의를 지키고 국민을 보호하기 위해 힘을 다 하겠다"

윤석열이 내심 결단을 내린 후, 퇴임 전후 연이틀 기자들의 카메라 앞에 선 순간. 정권의 실상과 자신의 갈 길을 명쾌하게 언급하자 분노한 국민들의 가슴에 큰 울림으로 전해졌다. 그런 자세가 전폭 지지받는 것이니 비록 인생은 파란만장하더라도 그 곧음이 변치 않는 한 국민들의 지지세는 꺾이지 않을 것이다.

09

9년 버틴 노무현과 윤석열

둘은 각자 판사와 검사로 시작한 출발점이
달랐고 태생부터 인생행로 자체가 아주 다르다

양어깨를 흔들면서 성큼성큼 건들건들 내딛는 두 사
람의 닮은 걸음걸이에서 어딘지 여유와 자신감이 묻어
난다. 노무현은 막노동도 해가며 어려움 속에 일찍 결
혼하고 사시에 매달렸던 시골출신의 비주류 법조인이었
고, 윤석열은 결혼도 미룬 채 조직에서 승부하며 끝내
주류 법조인으로 살아남았다.

부산상고 출신의 노무현이 1975년 사법고시에 합격하기까지 9년이 걸렸고, 우연한 일치지만 서울법대 출신의 윤석열 역시 도전 9년 만에 사법시험에 합격한다. 두 사람이 이겨낸 9년간의 세월은 좌절과 공백이 아닌 절차탁마切磋琢磨의 시간이었다.

노무현은 고시생들이 누워서도 편하게 책을 볼 수 있도록 회전 독서대도 개발해서 특허까지 받은 아이디어 보고였다. 그리스 로마 신화에 등장하는 모든 신들의 계보와 사연을 줄줄이 꿰고, 몇 시간씩 얘기할 정도였다는 증언에 비추어 잡학에도 다재다능한 편이었다.

윤석열이 인문 철학과 세계사에 독서량이 많아 고시생 후배들이 밤늦도록 귀를 쫑긋 세웠다는 일화도 흔하다. 두 사람은 그 과정에서 내공을 키워 자연스레 토론에 능하게 되어, 정치판에서 또 율사로서 험난한 정치적 음해와 수모를 이겨낼 수 있었을 것이다. 의정단상과 국정감사 현장에서 보인 밀리지 않는 자신감은 그런 일면의 표출이었다.

30여 년 전 국회의원 노무현은 당시 이광재과의 첫 만남에서 "나는 정치를 잘 모릅니다. 나를 역사 발전의 도구로 써주세요." 라고 부탁했다고 한다. 윤석열 총장 역시 2019년 국정감사장에서 조국 일가에 대한 무리한 수사란 추궁을 받자, "예나 지금이나 정무감각이 없는 것은 같다."고 자신을 낮춘 것도 상대를 추켜세워서 방심시키는 전략적 대응이었다.

　대선 경선과정에서 노무현이 장인의 좌익 경력으로 공격받자 "그렇다면 내 아내를 버리란 말입니까!"로 절규하던 장면과, 윤석열이 장모의 민·형사재판으로 인해 공격받는 현상도 조금 껄끄러운 게 닮은꼴이다. 두 사람은 각자 다른 궤적으로 순탄하지 않은 운명의 수레바퀴를 따라 정치권의 중심인물이 되었고, 서서히 대권주자의 길로 들어서게 된 공통점을 가졌다.

　결혼 전의 재산형성과정에 책임이 전혀 없는 사람에게 배우자의 문제를 지나치게 들이대면 오히려 국민들로부터 공분을 초래한다. 노무현은 경선 초기에 이인제

후보가 추구하는 좌익의 사위란 연약한 고리를 끊고 당원들의 감성에 직접 호소해서 역풍을 일으켰다. 윤석열도 대선 후반에 이르면 검증 운운하며 터져대는 카메라 플래시 속에 노무현이 통과한 거의 같은 터널을 지날 수밖에 없다.

노련한 정치인 노무현도 파란만장한 부침을 거듭한 끝에 대권을 쟁취하고도 임기 후 대검찰청 소환이란 수모를 감수했으며, 마지막 날 새벽 부엉이바위에 올라야 했다. 문재인은 피의자 노무현의 마지막 변호사로서, 그 뿌리 깊은 노무현과 검찰의 악연을 기억하기에 '검찰개혁'이란 명분에 집요할 수밖에 없다고 본다. 악과 싸우다가 스스로 악에 받쳐 망가진 무리들의 비극이다.

YS의 3당 합당에 반대하며 뛰쳐나와 고독하게 홀로 서기를 감행했던 노무현의 무모할 정도의 용기와, 검찰총장으로서 조직을 수호하며 무능한 야당을 대신하여 집권당이란 폭주 기관차에 홀로 제동을 건 윤석열의 소신. 전 국민이 분노하며 조마조마 지켜보는 가운데 자신

의 생각을 거침없이 말하며 직위를 던지고 나온 결단의
리더십에 주목하는 것이다.

안철수의 시간표

고비마다 자신의 이미지 극대화

▲ 경희대학교 2011년 5월. '2011 청춘 콘서트'에 모인 4,500여 명 관객들

V3 백신 무상제공 혜택을 입은 젊은 층의 호감을 기반으로, 2011년 봄부터 '청춘콘서트'란 이름의 대학가 순회강연을 시작하자 운집하는 청춘들이 점점 늘어났다. 그 기세로 10년 전 박원순에게 서울시장 후보를 양보하며 자신의 이미지를 극대화 시켰다.

국민지지도 1위까지 하지만 2012년 문재인과의 대선 후보 단일화 경선에서 패하자, 2016년 2월 2일 〈국민의당〉을 창당하여 두 달 만인 4월 13일 20대 총선에서 '합리적 진보와 개혁적 보수'를 기치로 38석을 얻어 원내 제3정당을 만들었다.

그 여력으로 안철수는 2017년 5월 9일 제19대 대선을 앞두고 정당사상 첫 완전 국민경선제로 대통령 후보가 된다. "국민이 이깁니다"라는 슬로건을 내걸고 나섰지만, 21.41%의 득표율로 3위에 그치자 〈바른정당〉과 통합이 추진되며 2년 만에 당의 간판을 내리고 2018년 9월 1일 홀연히 독일로 떠난다.

2017년 대통령 선거와 2018년 서울시장 선거에서 연달아 3등을 하며 충격을 받았던 것이다. 정해진 기한 없이 정치권을 떠나 정치적으로 힘든 상황을 극복하기 위한 성찰의 시간이었다. 일주일에 40㎞, 한 달 150㎞ 정도를 달리며 수차례 마라톤 완주까  지 해내면서 2019년 10월 9일 마라토너의 1년 경험을 책으로 펴내며 미래를 대비했다.

총선 패하고 명분 얻은 안철수식 정치

근 1년 5개월 만에 잠시 미국 체류를 거쳐 2020년 1월 19일 돌아온 후, 그해 11월 인터뷰에서 "나의 모든 시간표는 정권교체에 맞춰져 있다"고 선언한다. 특히 "내년 서울시장 선거에서 패하면 야권이 다시는 못 일어난다. 재보선은 정권교체를 이루기 위한 과정이 돼야 한다."고 아예 대못을 박고, "대선 승리를 위해서는 야권이 기득권을 버리고 새로운 당을 만들어야 한다"는 그의 뜻대로 되었다.

그 새로운 당은 이른바 '야권의 혁신 플랫폼'이 되어 보수와 중도는 물론 합리적인 진보도 함께 해야 한다고

구상을 밝혔다.

지난 2020년 4월 총선 때 안철수의 국민의당은 당내·외에서 많은 논란이 있었음에도 지역구 후보를 공천하지 않고 비례대표만 공천한 채 한발 물러섰다. 그 기간에 당 대표로서 국민의당 10번 기호를 알리기 위해 전남 여수에서 출발하여 광화문 이순신 동상까지 14일 간에 걸쳐 431km 국토 종주를 완주해 내는 강철 멘탈을 보여준다.

결과적으로 불과 3석짜리 초미니 정당으로 전락했지만, 소모전을 피해 다음 전투를 예비했던 것이다. 그 전투는 생각보다 빨리 왔다.

단일화 패하면서 명분 얻은 안철수식 정치

예기치 않게 박원순과 오거돈의 성추행사건으로 1년 만에 4월 7일 서울·부산시장 보궐선거를 치르게 되자,

또 한 번의 승부수를 던진다. 국민의힘 오세훈과의 후보 단일화 경선에 합의하고 선거 후 합당까지 공약하며 승부수를 던졌다. 국회의원 수에서는 절대적 열세임에도 불구하고 대등하게 싸워 패하면서 '철수한 게 아니라 약속을 지켰다'는 큰 명분을 얻었다.

오세훈의 서울시장 전격 사퇴에 따른 보궐선거로 떠올랐던 안철수란 정치신인. 꼭 10년 만에 치러진 보궐선거에서 오세훈에게 패하면서 다시 노련한 프로정치인으로 부각된 아이러니한 상황.

꼭 의도한 건 아니지만 자신의 이미지 축적을 위해 10여 년에 걸쳐 안철수만큼 전국적으로 다이내믹한 이벤트로 이름을 알렸던 '정치선수'는 일찍이 없었다. 그 이름과 얼굴을 따로 알릴 필요가 없는 브랜드는 언젠가 자신을 위해 빛을 발할 것이다.

두 차례 대선과 두 차례 서울시장 선거를 통해, 설득형에 웅변형이 가미된 호소력 있는 연설 톤과 토론 스타일의 세련된 변화로 업그레이드를 계속하며 이미지 변신을 해냈다. 중도에서 좌우로 지지 폭을 넓히며 국민의 분노를 확인한 안철수는, '야권의 힘을 모아 정권교체를 해내자'며 윤석열 전 총장의 이른 등판을 지속적으로 요구하고 있다.

친문세력은 물론 김종인과 홍준표 등의 의도적인 평가절하에서 살아만 남는다면… 그의 정치적 생존력은 제3당을 조직 운영한 경험 축적과 고정지지층으로 인해 어떤 선택도 가능하다. 최후의 바둑 한판을 이기기 위해 이른바 끈질긴 사석捨石작전을 펼쳤던 셈이다.

개별 단일화전투에서 '또 철수撤收한다'란 오명을 남기고 떠났지만 이후 그들의 재임 중 실패(문재인과 박원순)가 안철수를 여태껏 기억하게 만들었다. 그는 마라토너다. 이제 반환점을 돌고 멀리 결승테이프를 상상하며 뛰는 중이다.

그가 또 킹메이커를 하겠다고?

정치권에서 안철수에 대해 가장 부정적인 시각을 가지고 악연을 이어가는 자가 김종인 전 〈국민의힘〉 비대위원장이다.

그는 4월 9일 연합뉴스와 인터뷰에서 "윤석열 전 검찰총장과 힘을 합칠까?"란 질문을 받고. 4월 7일 밤 〈국민의힘〉 당사를 방문해서 오세훈 당선을 축하하며 "야권의 승리"라고 한 말을 들어 "어떻게 건방지게 그런 말을 하나"라고 반문했다.

　"윤석열하고 안철수는 합쳐질 수 없다. 아무 관계도 없는데 안철수가 마음대로 남의 이름 가져다가 얘기한 거다"라고 혹평을 거듭했다. 그런 식으로 따진다면 김종인 역시 똑 같은 처지가 된다. 윤석열과 아무 관계도 없는데 자신이 마음대로 남의 이름 가져다가 대통령후보 자격을 보겠다는 자가당착自家撞着이자 자기모순自己矛盾에 빠진 셈이다.

"듣기 좋은 노래도 한두 번이다"란 옛 속담이 있다. 박근혜와 문재인의 편에서 두 번 승리하고, 국민의힘 보궐선거 승리까지 10년 간 세 번의 승리를 통해 법원의 '파산관재인破産管財人'처럼 오로지 '비대위원장 전문가'로서 각인시킨 것으로 충분했다.

그에겐 노련한 책사의 이미지만 있고 자신의 표가 전혀 없는 인물이다.

40여 년 간 여당과 야당을 넘나들며 비례대표로만 무

▲ 겉으론 일단 웃고 보지만…

려 5선을 한 전무후무前無後無 특이한 경력의 소유자로, 본능적인 정치 감각에서 던진 메시지였다.

　아무 말도 거침없이 하는 노회한 원로의 말을 언론이 워낙 잘 받아써주니 여태 버틸 수 있었다. 4월 11일 배현진 의원이 김종인에게 "安 보고 건방지다니요 잠시 놀랐습니다"란 글을 페이스북에 올릴 정도로, 그도 일시 승리에 도취한 은퇴자에 불과하다. 초선인 배현진이야 홍준표가 당대표 시절 송파구 지역구를 주고 영입했으니 김종인과 각을 세우는 게 의리상 당연한데… 괜시리 안철수를 심하게 인신공격했다가 자초한 화였다.

배현진
6시간 · 🌐

김종인 전 비상대책위원장께서
'야권의 승리'라는 안철수 대표를 향해 "건방지다"라고
말씀하셨다는 보도를 누가 보내주셨는데 잠시 놀랐습니다.
그러나 좁은 지면에 담기지 못한 말씀의 의미가
따로 있으셨겠지 믿습니다.

선거도 끝났는데
아흔을 바라보는 연세에 서른 살도 넘게 어린
아들같은 정치인에게 마치 스토킹처럼
집요하게 분노 표출을, 설마 하시겠습니까.
안철수 대표의 야권의 승리라는 말씀에도 깊이 동의합니다.

다음날 국민의힘 장제원 의원까지 나서게 만들었다. "김종인 전 비상대책위원장이 국민의당 안철수 대표를 향한 토사구팽식 막말로 야권 통합에 침을 뱉고 있다"고 비판했다. 장 의원은 SNS를 통해 재임 시절엔 당을 흔들지 말라더니, 나가자마자 당을 흔들어 대는데, '붙잡지 않아서 삐친 것이냐'고 치욕적인 반문을 던졌다.

급기야 서로 '홍준표 꼬붕'과 '노태우 꼬붕'이란 날선 말을 주고받다가, "'김종인 꼬붕'이 아니라 참으로 다행"이란 표현으로 돌이킬 수 없는 적이 되고 말았다.(꼬붕은 똘마니란 뜻의 일본어 비속어) 누가 봐도 장제원의 비수에 당한 김종인의 완패였다.

하지만 2021년 4월말 〈보림에스앤피〉출판사에서 '경제민주화'에 관한 만화책을 재판으로 다시 수천 부 펴내는 것을 보건데, 아직도 정치판에서 못 이룬 자신만의 미련(?)을 가진 것은 틀림없다.

따라서 윤석열이 김종인을 킹메이커로 손잡는 순간

득보다 실이 훨씬 많은 난코스로 들어선다. 왜냐하면 김종인의 독설에 결코 못지않은 독설의 대가大家 홍준표와 안철수 두 사람의 대선주자를 한꺼번에 잃게 되는 것이다. 무엇보다도 이 두 사람 표의 합산이, 지난 대선에서 당선된 문재인의 41.1%보다 4%나 더 많은 45.4% 란 사

홍준표
8시간 · ⊙

김종인 전 경제수석의 주임검사는 함승희 검사 였습니다.

함 검사는 내 검사 2년 선배 검사로 강단과 실력을 갖춘 특수통 검사 였습니다.

당시 나는 슬롯머신 연루 검찰 고검장들 수사를 위해 대검에 파견 나가 있었는데

김종인 전 수석을 소환해서 밤샘 수사를 했어도 자백하지 않는 그에게 함검사가 아침에 조사실을 나오면서

홍준표가 대검 파견 나와 있다 홍검사가 조사하러 올 것이다.그는 조폭수사 전문이라서 거칠게 수사한다. 라고 겁을 주었다고 하면서 내보고 들어가 보라고 했습니다.

들어가 보니 김수석은 상당히 긴장해 있었고 나는 긴장하고 있는 그에게

가인 김병로 선생 손자가 이런 짓을 하고도 거짓말 하는 것이 부끄럽지 않느냐?

더이상 뻗대면 뇌물 액수가 더 크게 늘어 날 건데 지금까지 추적한 것으로 끝내는 것이 어떠냐?

단 두마디에 밤새 뻗대던 그는 잠시 생각하더니 그렇게 하자고 했습니다.

함 선배에게 바로 보고 하고 입회 계장이 즉시 자백 조서를 받은 것이 동화은행 비자금 사건의 전말입니다.

내가 그 사건 주임 검사라고 한적이 나는 한번도 없습니다.

2012.2. 박근혜 비대위에 김종인 전 경제수석이 나의 공천문제 시비를 걸때도 똑 같은 말을 한 일이 있습니다.

▲ 2020년 4월 26일 김종인 비대위원장 영입을 반대하며
페이스북에 올린 글

실을 잊지 말아야 한다.

　홍준표는 일찍이 총선을 앞두고 미래통합당 비상대책위원장으로 내정된 김종인 총괄선거대책위원장을 향해 '동화은행 비자금 사건'과 '노태우 비자금 사건'을 거론한 악연이 있다. 그는 검사시절 동화은행 비자금사건으로 국회의원 김종인을 소환해서 자백을 받아내고 구속시킨 과정을 자세하게 까발렸다.

　더구나 안철수는 2011년 인기절정기에 정치원로 윤여준을 두고, "그가 멘토라면 주변에 그런 사람 300명이나 있다"는 발언을 남겨 주변을 기웃거리는 자칭 정치권 원로들을 한방에 평가 절하시킨 전력이 있다. 그날 이후 10년 동안 정치판에서 단련된 안철수의 맷집을 과소평가하면 '되로 주고 말로 받게 되는 격'이다.

　안철수의 시각에선 '킹메이커'는 영원히 필요 없다. 그는 단지 자신을 위한 '킹서포터'만 인정할 뿐이다.

12

'플랜B'는 허상이다

시간에 쫓겨 초조한 김종인의 자기 과신이자
존재감 없는 꼬리가 몸통을 흔들어 보려는 시도다

2022년 야권대선후보 '플랜B'는 아예 존재하지 않는
다. 새 인물로 승부하기엔 여당이나 야당이나 시간이 촉
박하다. 누군가가 희망사항을 자가발전自家發電시키고 있
다고 본다. 그걸 받은 언론이 갈등을 증폭시키며 놀아나
고 있다. 그럴듯한 제목 '플랜B'가 그것이다. 그동안 여야
를 넘나들며 해낸 세 번의 승리감에 도취陶醉된 행태다.

'불러도 대답 없는 이름'

뜬금없이 인기 방송인 백종원을 거론하지 않나, 문재인 정부의 초대 부총리 김동연까지 등장시킬 때는 소재 고갈을 의미한다. 더구나 실제 선거에 직접 개입해보지도 않은 초짜들조차, 페이스북 / 트위터 / 유튜브 등의 팔로워에 의지해서 마치 아마추어가 해설자인양 훈수를 두는 정치판으로 변질되고 있다. 원조 좌파였던 고성국과 진중권과 서민, 변희재도 그런 아류다.

꼬리가 몸통을 흔드는 격

떡줄 사람 생각도 않는데 김칫국부터 마시는 자들 역시 합세한다. 꼬리로 몸통을 흔들어대는 이유는, 대선을 앞두고 당내 존재감이 없는 야당 다선 중진들의 초조감 때문이다. 누구와 밥 한 끼 먹고 주워들은 휘발성 없는 소재를 그럴듯하게 인터뷰하는 능력도 하긴 언론을 활용하는 능력이다. 김종인 / 김무성 / 유승민 / 원희룡

▲ 2020.10.08일 김종인 김무성 회담 대권후보군 탐색전

등의 잔꾀다.

　원희룡이 전한 말에 의하면…, "김종인 전 위원장 말로는 '흔히 윤석열 지지율을 얘기하지만 지지율이라는 것은 6개월 뒤를 생각하면 허망할 수도 있다, 이제는 백

지상태에서 출발하는 거다'라고 했다"

김무성도 과거 '안철수 현상'을 거론하고 '윤석열 현상'도 현상일 뿐으로, "국민의힘에 들어오지 않으면 희망이 없다"고 단언했다.

이 두 인물의 공통점은 아직까지 각각 킹메이커라고 착각하는 삶을 산다는 점이다. 100만 표도 안 가진, 역사의 무대 뒤로 사라져야 할 자들이 빨리 자기들을 먼저 만나서 도움을 구하라고 구차하게 언론 플레이로 스리쿠션을 치고 있는 것이다.

소위 내각제 개헌 음모나 이원집정제 구상도, 국민들에게 돌팔매를 맞으려고 작정한 꿍꿍이에 불과하다.

OK! 방향은 같다. M&A하자!

"윤 총장은 댐과 같다. 민심을 모은 것이 윤 전 총장이다.
정권교체에 도움이 되는 역할을 꼭 해주셨으면 좋겠다"
– 4.27일 안철수 인터뷰 중

　　안철수 대표는 2021년 4월 26일 서울 여의도 당사에서 한국일보와 인터뷰를 통해 국민의힘과의 합당은 "정권교체를 위한 합당이라는 방향성은 분명하며, 야권 대선 후보 단일화를 위한 길로 일관되게 가고 있다"고 소신을 밝혔다.

오세훈 서울시장의 당선은 "저를 지지한 2030세대와 중도층, 무당층이 손을 들어 준 것"이라며 자신의 '지분'을 강조했다. 차기 대선 출마 여부에 대해선 "제가 필요하다면 어떤 일이든지 할 수 있다는 입장에 변함이 없다"고 밝혔다.

"정권교체 외엔 나라를 바로잡을 방법이 없고, 그러려면 야권 후보 단일화가 유일한 방안이다." "정권교체를 바라는 분들이 저를 포함한 기성 인물 중엔 마음에 드는 대안을 찾지 못했다. 그 민심을 모은 것이 윤 전 총장이다. 정권교체에 도움이 되는 역할을 꼭 해주셨으면 좋겠다. 책임감을 좀 가져주셔야 한다."

"합당이라는 방향은 분명하다. 정권교체를 위해선 야권 대선 후보 단일화가 필요하기 때문이다. 합당 효과를 극대화할 방법과, 시기를 함께 찾자는 것이다."

안 대표는 합당으로 인한 그의 지지 세력 이탈 우려에 대한 질문을 받고… 단호한 어조로 신뢰를 표했다.

　"정치를 시작하기 전 '청춘콘서트'를 하면서 만들어진 지지층이다. 한동안 지지세의 부침이 있었다가 서울시장 선거에서 다시 회복됐다. 제 지지자들은 실용적이다. 다른 정치인들보다 신뢰할 수 있고, 도덕적으로도 문제가 없고, 4차 산업혁명에 대한 준비, 즉 미래 먹거리와 일자리를 만드는 일을 잘할 사람을 지지할 것이다."

　두 사람이 가리키는 방향은 같다. 그 길을 향해서 바로 M&A를 하자는 대국민 공개메시지였다.

3

지는 해와
뜨는 해

14

별이 된 총장

김종인 위원장이 윤 총장의 잠재적 대권후보 자질을 감지하고 2021년 초 '별의 순간'을 암시했으나, 윤석열은 그보다 훨씬 앞선 청년기에 '별이 빛나는 순간'을 생각하며

"♪starey starey night~"으로 시작하는 빈센트 (Vincent)란 노래를 애창했다고 하니… 그 시절 술자리에서 1980년대 유행한 돈 매클린(Don McLean)의 빈센트 (Vincent)란 곡을 반주도 없이 가사도 안 보고 부를 정도로 울림통이 남달랐다고 기억한다. 그 첫 소절 단어로

등장하는 게 바로 '별star'이다.

　이후 중년이 한참 지나서 인연을 맺은 부인 김건희는 〈코바나 콘텐츠〉란 이름의 문화콘텐츠 제작·투자를 하는 회사를 운영하며, 주로 블록버스터 위주의 전시기획 성공으로 2008년부터 10여 년 넘게 세간의 주목을 받아왔다. 하지만 윤석열이 정치적 인물로 비중 있게 거론되기 시작하자 그녀의 성공스토리를 시기하고 헐뜯는 무리들도 생겨나기 마련이다.

그중에는 2012년 11월 8일부터 2013년 3월 24일까지 예술의 전당 디자인회관에서 근 5개월간 전시했던 **〈불멸의 화가 반 고흐 in Paris 전〉**도 있었다. 어찌 빈센트를 매개로 한 영혼의 공감대가 없다고 하겠는가.

▲ 고흐가 그린 자화상

▲ 고흐의 〈별이 빛나는 밤에〉에 묘사된 별밤

　살아서는 단 한 점의 작품밖에 팔리지 않았으나 고인이 된 후 경매시장에서 1,000억 원 넘는 초고가 그림이 가장 많은 빈센트 반 고흐에 대한 존경을 담은 그 곡. 감미로운 음률 속에 생전의 고뇌와 함께 그의 명작들을 떠올리게 하는 아주 감성적인 내용이 담긴, 별이 빛나는 밤 영어가사를 음미해보자.

starey starey night
paint your palette
blue and grey
Look out on a summers day
with eyes that know
the darkness in my soul

Shadows on the hills
sketch the trees
and the daffodils
Catch the breeze
and the winter chills
In colors on the snowy
linen land

and now I under stand
what you tried to say to me

How you suffered

for your sanity

How you tried to set them free

They would not listen

they did not know how

Perhaps they'll listen now

starey starey night

flaming flowrs

that brightly biaze

Swirling clouds in violet haze

reflect in Vincent's eyes

of china blue

Colors changing hue

Morning fields of amber grain

Weathered faces lined in pain

Are soothed beneath

the artists loving hand

And now i under stand

what you tried to say to me

How you suffered

for your sanity

How you tried to set them free

They would not listen

they did not know how

Perhaps they'll listen now

for they could not love you

but still your love was true

and when no hope was left in

sight on that

starry starry night

you took your life

as lovers of ten do

but i could have

told you Vincent

This world was never meant for

one as beautiful as you

starey starey night

portraits hung in empty halls

frame less heads

on name less walls

with eyes that watch the world

and can't for get

like the stran gers

that you've met

the ragged men in ragged clothes

the silver thorn of bloody rose

lie crushed and broken

on the virgin snow

and now i think i know

what you tried to say to me

How you suffered

for your sanity

How you tried to set them free

They would not listen

they're not listning

still perhaps they never will

15

별들의 여정旅程

'별'하면 먼저 떠오르는 것이 27세로 요절한 윤동주의 시 두 편이고, 2021년도 들어 '스타'로 가장 유명세를 타는 배우가 윤여정이다.

/

윤동주의 〈별 헤는 밤〉부터
스타 윤여정까지

/

시인 윤동주

1.〈서시〉

죽는 날까지 하늘을 우러러
한 점 부끄럼이 없기를,
잎새에 이는 바람에도

나는 괴로워했다.

별을 노래하는 마음으로
모든 죽어 가는 것을 사랑해야지
그리고 나한테 주어진 길을
걸어가야겠다.

오늘 밤에도 별이 바람에 스치운다.

2. 〈별 헤는 밤〉

계절이 지나가는 하늘에는
가을로 가득 차 있습니다.

나는 아무 걱정도 없이
가을 속의 별들을 다 헤일 듯합니다.

가슴 속에 하나 둘 새겨지는 별을

이제 다 못 헤는 것은

쉬이 아침이 오는 까닭이요,

내일 밤이 남은 까닭이요,

아직 나의 청춘이 다하지 않은 까닭입니다.

별 하나에 추억과

별 하나에 사랑과

별 하나에 쓸쓸함과

별 하나에 동경과

별 하나에 시와

별 하나에 어머니, 어머니

어머님, 나는 별 하나에 아름다운 말 한 마디씩 불러

봅니다.

소학교 때 책상을 같이 했던 아이들의 이름과 패, 경,

옥 이런 이국 소녀들의 이름과 벌써 애기 어머니 된
계집들의 이름과 가난한 이웃 사람들의 이름과 비둘
기, 강아지, 토끼, 노새, 노루, '프랑시스 잠', ' 라이너
마리아 릴케', 이런 시인의 이름을 불러봅니다.

이네들은 너무나 멀리 있습니다.
별이 아스라이 멀듯이

어머님,
그리고 당신은 북간도에 계십니다.

나는 무엇인지 그리워
이 많은 별빛이 나린 언덕 위에
내 이름자를 써 보고,
흙으로 덮어 버리었습니다.

따는 밤을 새워 우는 벌레는

부끄러운 이름을 슬퍼하는 까닭입니다.

그러나 겨울이 지나고 나의 별에도 봄이 오면
무덤 위에 파란 잔디가 피어나듯이
내 이름자 묻힌 언덕 위에도
자랑처럼 풀이 무성할 거외다.

윤동주 시의 리듬감과 정제된 시어는, 시를 다듬는 과
정에서 시어 하나를 두고도 몇 달씩 고민한 흔적의 결과
였다.

오스카 상의 스타 윤여정

　〈1박2일〉 예능프로로 유명한 스타PD 나영석에 의해서 연출된 〈윤식당〉과 〈윤스테이〉는 윤여정이 예능프로에서도 주목받게 된 계기였다. 의도하지 않았으나 그녀가 뜨기 시작한 시기와 윤석열이 서울지검장과 검찰총장으로서 전 국민의 주목을 받게 되는 시기가 거의 일치한다.

그리고 2021년 4월 4일, 스타 윤여정은 영화 〈미나리〉로 미국배우조합상(SAG)에서 여우조연상을 수상, 외신으로부터 뜨거운 관심을 받았다. 미국배우조합 주최로 영화와 TV에서 활약하고 있는 미국 내 모든 배우들이 동료들을 대상으로 투표한 결과로 상을 주는 시상식이다. 마침내 4월 26일 윤여정이 아카데미상 여우조연상을 받음으로써 한국 영화 100년사에서 그녀의 잠재력을 또 한 번 세계에 보여주었다.

▲ 4월 26일 여우조연상 오스카 트로피를 받은 〈미나리〉의 윤여정과 제작자 브래드 피트

윤여정·한예리
오스카 수상 기자회견

뉴스 속보 | 이 시각 LA 총영사관저
한국인 첫 아카데미 여우조연상 수상 윤여정 기자회견

국내 대선 레이스에서 일찍이 별로 떠오른 윤석열과, 연일 외신을 타고 확산되는 스타 윤여정에 대한 글로벌 관심도 상승. 그건 파평 윤씨 문중에 날아든 또 하나의 낭보다. 그렇게 **'별들의 여정旅程'**은 현재진행형이다.

16

윤석열 지지에서 추대까지

대선을 앞두고 후보들의 지지도가 상승하는 초기엔

먼저 후보자의 인맥과 관련된 주식들이 먼저 움직인다.

대선 일에 다가갈수록 진위와 관계없이 시중의 출처 불명 뉴스까지 편승하여 변동성이 커지면서 하루에도 상·하한가 사이를 오르내리기도 한다. 검찰총장 퇴임 전날 대구고검 방문에 맞춰 미리 플래카드까지 들고 자발적으로 모여들었던 시민들의 열기에서 심상치 않은 지지도가 감지되었다.

대표적인 주식종목들은 주로 이사진이 서울법대 입학 동기라든가 선·후배라는 확인되지 않은 친밀도를 이유로, 아니면 CEO가 '파평 윤씨' 친족이라든가. 출신이 충청도 동향이란 사실만으로도 크게 출렁거린다. 물론 배후에는 고의적으로 루머를 퍼뜨려서 한탕하고 튀려는 작전세력들이 대부분 개입되어 있다. 이 시기를 전후하여 적극적 지지자들은 온·오프 상에서 다양한 이벤트와 모임을 만들며 지지세는 더 확산된다.

윤석열 지지자들도 2020년도 후반기부터 전형적인 흐름을 타며 이른바 〈노사모〉나 〈박사모〉처럼 〈윤사모〉를 지향한 이름의 모임이 개설되었다. 또한 페이스

▲ 전국에서 대구고검 청사로 보낸 윤석열 응원 화환

북 기반 전국모임으로 〈윤석열응원 국민광장〉과, 〈윤석열과 법치수호본부;법수본〉, 〈윤석열과 중심시민〉, 〈국민후보윤석열 추대행동연대〉까지 만들어져서 세를 불려가고 있다.

한때 '박근혜 석방', '문재인 탄핵'과 '조국구속'을 외치던 아스팔트 극우전사로, 당시 윤 총장의 거주지까지 찾아가 물의를 일으킨 자유연대 사무총장 김상진 대표와 서초동법원이야기(유튜브) 염순태 대표가 종로 캠프를 근거지로 시동을 걸었다.

아스팔트 대통령의 찐대통령 만들기

〈열지대悅地帶〉란 이름의 윤석열 팬클럽을 결성하고 캐리커처까지 만들어서 윤석열의 옛 사진 자료들을 언론에 공개했다. 회원들의 번개모임과 정기모임을 시작하며 본격적인 윤석열의 정치활동에 대비하는 초창기 양상이다.

윤진식 전 의원, 〈윤공정포럼〉 출범

　충북 충주 출신으로 18 · 19대 국회의원을 지낸 윤진식 전 의원이 상임 공동대표로 주도하는 〈윤공정포럼〉도 서울 강남에서 2021년 4월 10일 출범했다(산자부장관 출신에 이명박 정부 시절 청와대 정책실장 겸 경제수석). 충청권 출향 인사 60여 명이 동참했으나, "정치적으로 뭘 하자고 모인 것은 아니다"며 우선 외곽에서 응원하는 수준에서 활동할 뜻을 내비쳤다.(조성정 백제홍삼㈜ 삼대인 회장,

이규천 작가, 강택구 ㈜라온패션 회장 등 집행부)

　윤 전 총장의 외곽 싱크탱크와 자문 역할을 통해 전
국으로 조직을 확대할 것도 검토하고 있다. 그는 2014
년 충북지사 선거에서 고교 동창인 이시종 지사에게 패
한 후 당시 〈자유한국당〉을 탈당한 상태다. 아마 5월 즈
음 윤석열이 정치인으로서 몸을 풀기 시작하면 그의 깊
은 인맥만으로도 충청권에서 단 기간에 수천 수만 회원
들로 세력이 확장될 여지가 많다.

　전례를 보면, 그 정점은 전국단위 지부가 조직되며 회
원 1만 명 정도가 넘어서는 가을이 될 것이다. 당연히
제3, 제4의 작은 모임들도 생기면서 선의의 경쟁이 불
가피하다. 이 시기가 바로 사람을 가려서 쓰고 첫 단추
를 잘 끼어야하는 헷갈리는 환경이다.

17

검증받은 총장과 검증받을 대권후보

그는 검찰총장 이전부터 특수부 수사책임자와 박영수 특검의 수사팀장을 거치며 두 정권의 사정기관은 물론 전 국민에게 신상이 노출되었던 경력을 갖고 있다.

한 마디로 탈탈 털어도 두려울 게 없는 27년 공직이다. 그를 찍어내기 위한 일단의 해프닝들이 바로 미수에 그쳤던 사유다. 한동훈 검사장을 털어서 소위 '검찰과 언론의 유착' 올가미를 씌웠는가 하면, 검찰총장의 특수활동비를 문제 삼았다가 도리어 법무부가 걸려들었다.

결국 친 정권 좌파 언론매체들을 동원하여 결혼 훨씬 전에 있었던 장모와 아내의 사업상 여러 문제들을 들고 나와 흠집을 내려는 것이다. 친노 세력들은 일찍이 사기꾼 전과자 김대업을 동원해서 이회창 후보를 무너뜨린 혁혁한 전력을 가진 자들이다. 친문들의 행태는 그보다 더하면 더했지 결코 안심하지 못할 이력을 자랑한다.

정계 진출이 가시화되면 가장 먼저 가족 리스크를 열어서 떠벌릴 것이다. 손경식 변호사가 "사실관계가 왜곡돼 있고 윤 전 총장은 아파트 시행사업 과정에 관여한 사실이 전혀 없다"고 밝혔던 이유다. "인허가와 토지 매입 등도 모두 결혼 전에 이뤄졌다"고 했으나, 터무니없는 사실도 만들어내는 자들이니 증인이라고 몇몇 들러리로 내세워 주야로 나팔을 불어대면 참 난감하게 된다.

지난 4년 동안 각종 사건으로 의혹을 받아 조사 받다가 숱하게 자살로 생을 마감했던 자들의 운명을 상기해 보자. 오죽하면 시중에서 "안희정 다음은 박원순, 그 다음은 이재명"이란 소문까지 떠돌고 있으랴!

때리면 때릴수록 국민들은 점점 윤 총장의 편에 가서 울타리가 되었다. 위선과 거짓으로 똘똘 뭉친 조국 지킴이들에 비해 그의 일관성과 헌법수호자로서의 투철한 의지를 읽었기 때문이다. 그게 가파른 지지율로 또 대선 적합도로 타 후보들에 비해 높게 수치화되었을 뿐이다. 정치를 하겠노라 한 번도 말하지 않은 상태의 지지도가 40%선에 근접했으니, 기소된 상태의 피의자들은 얼마나 두려울까?

▲ 뭘 더 보여주죠? 투표장에서

신사적으로 방어만 하다보면 밀려서 지는 게 바둑판
이다. 공격이 곧 최상의 방어임을 바둑 명문인 충암고
출신 윤 총장이 모를 리 없다. 여권에서 누가 대선 주자
로 나오든 털어낼 먼지가 자욱할 수밖에, 특수부 수사하
듯이 상대 후보의 검증을 개시하게 되면 오히려 여권이
방어에 급급하다 끝날 것이다.

18

지는 해와 뜨는 해의 운명적 만남

"검사가 수사권을 가지고 보복하면 깡패지 검사가 아니다"

2017년 초만 하더라도 윤석열은 정치적으로는 주요 인물이 아닌 대기업관련 수사를 잘하는 특수부 검사에 불과했다. 2016년 말 박근혜 정권 탄핵으로 최악의 보수 위기국면에서 전격 출범한 '박영수 특검'의 인터뷰에 의해 비로소 그의 이름 석 자가 크게 언론에 오르내리기 시작한다.

▲ 2016년 12.21.박영수 특별검사팀이 서울 강남구 대치동 특검 사무실에서 가진 현판식. (왼쪽부터 윤석열 수사팀장, 양재식 특검보, 박충근 특검보, 박영수 특검, 이용복 특검보, 이규철 특검보)

"윤석열 대전 고검 검사를 특검수사팀의 수석검사로 요청했는데, 저랑 검찰에 있으면서 여러 차례 큰 수사를 많이 했다. 현대차 수사니 론스타 사건, 먹튀사건 수사 니. 저하고 호흡을 많이 맞춰왔고 수사를 아주 잘한다. 그리고 또 아주 굉장히 합리적이다. 그래서 제가 필요에 의해서 요청했다"고 박영수 변호사가 언급한다.

이어서 "본인이 굉장히 고사를 했는데 제가 강권했

다. 그 사람도 검사다"라고 먼저 윤석열 검사의 품격을 거론한다. 이후 윤석열은 특검에 합류할 경우 박근혜 정권에 의해 지방으로 좌천된 대해 보복성 수사를 할 것이라는 우려에 대한 기자들의 질문을 받게 된다. 그는 단호하게 "검사가 수사권을 가지고 보복을 하면 깡패지 검사가 아니다"라고 선을 그었다.

박영수 특검은 "저는 평생 검사를 하다가 변호사 한지 5년이 넘었는데 검사로서 불의에 대한 수사를 해 달라는 요청에 거부할 수는 없었다… 이번 특검은 어느 특검보다 국민으로부터의 명령입니다"

결국 윤석열 역시 국회에서 의결한 특검법에 따라 수사팀장으로 발탁된 요원 중 일원이었음을 우선 명백히 할 필요가 있다. 당시 여당의 친박 의원들이 야당과 합작하여 감행했던 탄핵소추로 인해 선택의 여지없이 개시된 수사였다. 그 역사적 필연을, 유력한 대권후보로 떠오른 작금昨今에 사과내지 해명하도록 요구하는 것은 책임전가이자 언어도단言語道斷이다.

장기간 모의 내통하고 좌파 언론들의 선동으로 이뤄
낸 공작 차원의 정치 적폐였다고 볼 수도 있다. 살아있
는 권력에 대해 원칙대로 수사한 책임자로서 겸허하게
국민의 선택을 기다리면 된다.

윤석열의 등장은, 한 시대의 '지는 해'와 '뜨는 해'의
운명적 만남이 2017년 정치상황을 전후하여 우연히 빅
뱅big bang으로 연결되었을 뿐이다.

19

갈라치기 전략 I

촛불세력과 반대파에서 부터, 가진 자와 없는 자 등
좌파의 내편과 너 편식 갈라치기 메뉴는 다양하다

걸핏하면 선동수단으로 쓰는 친일과 반일 / 통일과
분열세력 / 정규직과 비정규직 / TK와 PK / 충청과 호
남 / 강남과 강북 / 수도권과 지방 / 흙수저와 금수저 /
기득권과 소외된 자 / 친문과 비문…

그중에 핵심이 검찰과 경찰의 갈라치기였다. 문재인

정권이 검찰의 기득권을 공격하는 일관된 정치적 메시지는 오랫동안 검찰 상층부의 주류세력이었던 서울대 법대 인맥을 완전히 허물어내겠다는 것이다. 非서울대 법대와 非검찰 출신 법무장관으로 하여금 일방적 인사권을 행사하도록 맡긴 이유다.

문재인 자신이 경희대 출신으로, 박상기(연세대)에 이은 추미애(한양대)와 박범계(연세대)까지 反윤석열(서울대)

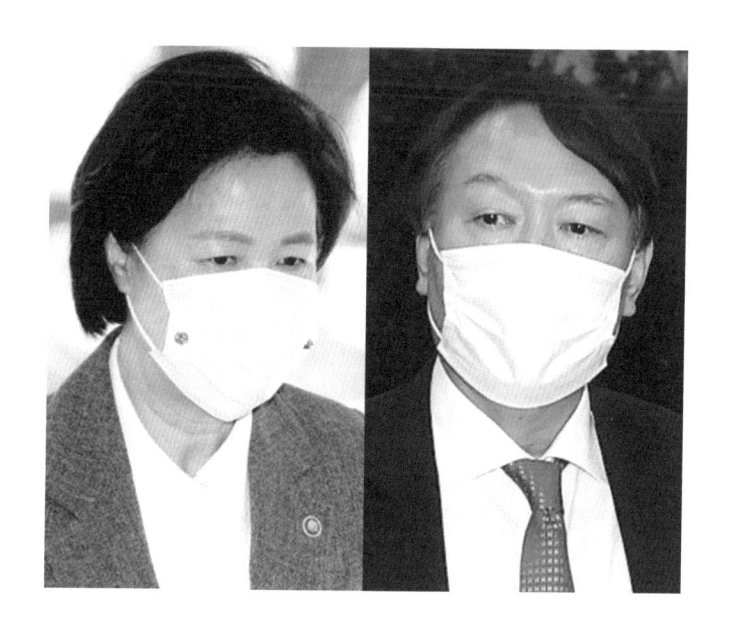

성향의 법무장관들 전부 非서울대 법대 출신들이다. 다만 조국은 서울법대 출신이지만 사법시험을 거치지 않은 非검찰 출신이란 점에서 군법무관 출신의 최강욱 등 검찰 수사권 폐지를 주장하는 그룹과 정서를 같이한다. 윤석열 검찰총장 재임당시 이성윤(경희대) 서울지검장과의 길항拮抗 관계 또한 전형적인 권력 갈라치기 수법의 산물이다.

이런 식의 서울대 출신 VS 非서울대 출신 구도로 치르는 대선 승리 구도는 1997년 대선 이후 여야 관계없이 20년 동안 줄곧 계속되며 非서울대 출신이 필승했다. 1997년 이회창 대 DJ / 2002년 이회창 대 노무현 / 2007년 정동영 대 이명박 / 2012년 박근혜와 2017년 문재인에 이르기까지 결과적으로 서울대 출신은 대선에서 전부 패배하고 말았다.

박근혜 탄핵 이후 2017년 치러진 대선에서 문재인 VS 홍준표–안철수–유승민 3자의 득표가 52%가 넘었음에도 후보 단일화를 못해내고 문재인의 41% 불과한 득표에 참패한 것 역시 바로 그런 구도의 희생물이었다.

2022년 대선도 비슷한 구도를 향해 가고 있다. 여권 내부에서 경선 암투 중인 이재명(중앙대)과 이낙연(서울대) 구도가 그렇고, 고려대 출신의 정세균이 포털사이트에서 지방대학인 부산대학교 명예박사를 내세우는 것도 마찬가지다. 본선에서 마주칠 이재명 VS 윤석열(서울대)의 구도가 역시 서울대와 非서울대의 판세로 전개될 것이다.

특히 대선에는 이런 식으로 맞붙게 되면 수적으로 합산한 非서울대 출신 졸업생이 압도적으로 많아서 거의 서울대 출신이 패하기 쉽다.

2002년 대선에서 노무현(부산상고)이 정몽준(서울대)과의 단일화 경선에서 이긴 것과 2012년 대선에서 문재인(경희대)이 안철수(서울대)와의 단일화 여론조사에서 이긴 것도 일종의 서울대 마이너스 효과이다. 민주당 정권의 고정지지층 30%도 실은 非서울대 출신이 압도적으로 많고, 민주당으로 충원되는 인력 성향이 아무래도 운동권 기반의 계층이 많은 것과 그 궤가 같다.

야권에서도 고비마다 유력한 서울대 출신 대권후보가 나오는 한 앞으로도 민주당의 이런 갈라치기 전략은 계속 유효할 수밖에 없다. 직전 대선의 준우승자인 홍준표가 문재인의 레임덕에 따른 유리한 입장에도 불구하고, 2021년도에 안철수 대신 등장한 윤석열의 존재감에 밀리고 있는 현상도 그런 운명의 연장선이다.

특히 이재명 경기도지사가 2021년 4월 22일 '다름은 있더라도 차별화는 없습니다'라는 제목의 글을 올린 이유: 즉 자신의 발언이 문재인 정부와의 차별화에 나선 것이라는 해석에 대해 '갈라치기 시도'라고 비판한 것이 단적인 예다.

코로나바이러스 백신의 경기도 독자 도입 의사 표명을 백신 확보 실패로 지지율이 추락한 문재인과의 차별화로 의심하고, 대통령을 향해 각을 세웠다는 친문들의

주장에 대한 반박이었다. 갈라치기 계략은 어느 순간 안
희정과 이재명처럼 反문재인을 꿈꾸는 자에겐 치명적인
'기요틴(guillotine)'이 될 수 있다.

20

갈라치기 전략 II

문재인 정부 최후의 갈라치기 꼼수는 박근혜 석방이다.
기한은 2022년 3월 대선을 석 달 앞둔 신정 전후와 구정까
지다.

그때까지 반문 여론을 반전시키지 못한다면 마지막
카드는 '박근혜 석방' 밖에 수가 없다. 그해 크리스마스
즈음이 되면, 2017년 3월말 구속된 이후 만 5년째 투옥
이니 일반 국민들의 정서상 그만하면 충분히 옥살이를
했다고 생각될 시점이다. 70세 고령에다 연민의 정도

비등한데 사실상 다 끝난 재판에 더 구금할 명분조차 사라진 상태다.

이미 홍준표 의원은 2021년 4월 18일 페이스북을 통해 "두 전직 대통령의 사건을 정치 수사, 정치 재판이었다고 보는 이유"라며, 'DJ 대북송금' 사건의 예를 들었다. 아울러 "이젠 화해와 화합의 정치를 하라고 권하는 것이니 더 이상 감정으로 몽니 부리지 마시고 두 전직 대통령을 사면하라"며 "그것이 훗날을 위해서도 바람직할 것"이라고 경고했다.

국정농단과 적폐청산을 구실로 구금한 박 대통령보다 더 큰 국정실패로 국민의 원성을 받는 정부다. 달리 변명할 거리가 없는 상태에서 코로나 방역을 방패삼아 겨우 유지하는 정권이 다시 여론전에 의지해야 한다. 여당의 지지도와 대통령의 지지도가 동반 추락하는 최악의 상태에, '국민 대통합'을 명분으로 사면을 하게 되면 시중의 관심은 일약 박근혜에게 쏠릴 수밖에 없다.

양날의 칼, 박근혜 석방

석방된 박근혜는 양날의 칼이 되어 여당도 야당도 치명적인 자상刺傷을 입게 된다. 그럼에도 정권을 뺏기지 않으려는 최후의 수단으로 쓸 수밖에 없는 지경에 이르면 꺼내야 할 카드다. 2021년 4월 7일 보궐선거 이후 연말까지 8개월여 야권이 '윤석열 중심'으로 끌고 가는 우세한 지형을 단숨에 '박근혜와 윤석열' 이란 돌발이슈로 대체하는 효과를 노린다.

수백 대의 카메라 앞에서 출옥하는 박근혜가 내뱉을 첫마디는 너무나 뻔하다. 야당시절 그녀는 한때 선거의 여왕이었지 않았던가. 어떤 말이 나오더라도 결국은 '정치재판과 마녀사냥의 희생자'란 선언일 것이다.

우선 숨죽이고 있던 〈박사모〉를 비롯한 적극적인 친박 세력들과 보수우파 정치세력들이 구심점을 찾아 일시에 거리로 몰려나올 수밖에 없다. 친박과 비박의 갈라치기, 〈우리공화당〉과 〈국민의힘〉 갈라치기, 전광훈목

▲ 2020년 조원진과 허평환 〈우리공화당〉공동대표

사 등 아스팔트 우파세력과 제1야당, 이간 전략의 당연한 파장이다.

  전광훈 목사를 비롯한 광화문 중심의 기독교 애국 우

▲ 이런 장면은 반드시 세종로에서 다시 보게 된다

파세력들도 지난 2년간의 모진 탄압을 떨치고 전국적으로 기치를 들고 '문재인 탄핵'과 '정권교체'를 다시 외치게 된다.

야권의 후보단일화가 채 안된 상태에서 백가쟁명百
家爭鳴이 난무할 정치판을 한번 상상해보라! 지난 대선
2.3.4위인 홍준표, 안철수, 유승민 등의 날 선 입들이,
그동안 윤석열의 기세에 밀려 움츠렸던 날개를 다 함께
펴는 대한민국의 대선…. 연일 출렁거리는 여론조사 지
표를 따라 분산된 야권을 대신해서 여권의 이재명만 한
껏 어깨에 힘을 줄 수밖에 없는 혼돈의 대선 그게 바로
목표다.

　전격적인 사면이 단행되면 한겨울 여론에 불을 지펴
서 도토리들의 키재기는 본격화된다. 이때쯤 마치 기다
렸다는 듯이 여당은 친여 패널들과 촛불세력들을 총동
원하여 지상파와 공중파 TV를 통해 박근혜 탄핵과정의
정당성과 그 책임을 내세워 정치적 아노미anomie를 야당
에 묻는 적반하장 난장판의 전개다. 수사와 기소과정의
책임에는 당시 특검 팀과 이후의 검찰총장을 지낸 윤석
열을 끌고 들어가는 물귀신 정국에 목적을 두고.

　5년 만에 문재인정권의 판 흔들기로 인해 다시 한 번

보수 세력끼리 물고 뜯는 시대를 경험할지도 모른다. 있지도 않은 사실에 희대의 사기꾼까지 등장시켜 대권을 찬탈한 이력을 가진 자들이 무엇을 주저하랴?

지난 4월 14일 국정원 비공개 간담회에서 박지원은, "정치 거리두기는 국정원의 최고 개혁이고 국민적 신뢰를 회복하는 지름길이라는 각오로 철저히 실천할 것"이라며 이어 "본격적인 정치의 계절이 오고 있다. 더욱 정치권과 철저한 거리두기를 하겠다"고 강조한 게 오히려 잘(?)지켜보겠다는 의미로 들린다. 어쨌든 어수선하면 북한의 김정은도 뭔가 글로벌한 액션을 준비하기 좋은 호기가 도래하는 셈이다.

야권후보 단일화의 과정은 결코 만만치 않게 전개될 것이다. 수감된 두 대통령 사면에 '국민의 공감대'가 필요하다든가 '사과와 반성'이 선행되어야 한다는 여당의 주장들은 하산 길의 부질없는 말장난에 불과하다.

"정치를 경멸하는 민중은 경멸당할 만한 정치밖에 가

질 수 없다" 20세기 독일 최고의 작가로 1929년 노벨 문학상을 받은 토마스 만Thomas Mann이 히틀러의 무도한 나치시대를 경험하고 조국을 떠나 한 말이다.

4

"석열 형!
세상이
왜 이래"

21

검찰경험밖에 없는 반사체라니…

두 정권에 걸쳐서 두 번이나 대통령에 당당하게 맞서
청와대와 국정원을 수사한 경험은 벌써 잊었나?

우선 여권 후보로 거론되는 자들 중에서 여당의 정세
균이 윤석열의 지지도에 대해 헤럴드 경제와 한 인터뷰
를 보자.

"반사이익 측면이 더 크고 내용물이 없다" "우리 앞에
놓인 위기 상황은 많은 경험과 노하우가 있어야 극복할

수 있다고 했다. 지지도가 한참 앞서는 현실을 그저 반사이익이라며 부정하고 싶은 것으로, 정작 본인은 총리로서 내세울 위기 극복 사례가 없으면서도 마치 있는 것처럼 호도하고 있다. 그것도 대구·경북의 코로나 확산 초기의 위기를 넘어서 방역실패가 전국적으로 번진 상태에서 한 말이다.

다음날 4월 27일 대구지역 시장 일대를 방문한 정세균이 중앙일보와의 인터뷰에서 윤석열에 대한 평가도 비슷하다. "좋은 검사 이상도, 이하도 아니다. 좋은 검사가 대통령이 될 수 있을까. 한국 수준과는 안 맞을 거

같다."고 했다. 그러면 국민들이 단지 좋은 검사라고 그토록 지지를 보내는가? 그런데 자신은 총리 시절에 '좋은 검사'를 왜 기를 쓰고 쫓아내려고 했는지. 이상하지 않은가. '한국수준' 운운하며 여론을 폄하하는 자신은 대체 어느 나라 수준인지….

"꼴뚜기가 뛰면 망둥이도 뛴다"는 속담 있듯이 3월 10일 민주당 박용진의원도 KBS라디오방송 최강시사란 프로그램에 나와서, "윤석열, 나와 한 시간만 토론하면 정치적 밑천 드러날 것…과거 안철수와 비슷"하다는 식의 싸잡아 공세도 한다.

다음 달에는 월간 〈신동아〉와의 인터뷰에서 "윤석열 지지율은 거품… 국민 간봐선 안 돼"라고도 평가 절하했다. 자신은 지지도가 2%도 돼 본적 없으니 그런 거품 인기 근처라도 가보지 못했다. 그게 어떤 경지인지도 사실 알 길이 없는 주제에서 그저 뱉는 발언이다. 오히려 그런 발언으로 다수 국민들 간을 보는 게 자신이지도 모른 채.

　얼마 후 광주를 방문해선, "윤석열의 대선출마를 말리고 싶다"는 말도 한다. 결론은 하나다. 인터뷰에서 윤석열을 꼭 언급해야 기사가 나오기 때문이다. 민주당에서 대선후보를 나오려는 이들의 모든 화두가 윤석열 한 사람에게 모아 지는 이유다.

　역시 비슷한 시기에 원희룡도 윤석열에 대해 김종인을 만나서 그 발언을 인용하는 것처럼 슬쩍 자기 희망을 심는다.

　원희룡은 제주도지사라고 하지만 제주도 인구라야 고

작 67만 명이니 서울 송파구나 강남구와 비슷한 규모로 말하자면 구청장급 대선 후보다. 구청장 경험을 행정경험으로 포장할 필요가 있다. 학력고사 전국수석과 서울대 수석 빼고는 국민들에게 각인된 업적이 없는 전직 국회의원이라서, 제주도를 탈출하고 싶은 명분을 찾느라 분주하다. 소위 때 이른 '제주지사 3선 불출마 선언'이 그것이다.

그런 배경에서 기자들을 모아놓고, "김 전 위원장은

저를 포함해서 국민의힘이든 야권 전체에서 아직 후보다운 후보가 아무도 없다며 윤석열 지지율이라는 게 3개월 뒤, 6개월 뒤를 생각하면 허망할 수도 있다"는 구름 잡는 내용을 전한다. '민심의 흐름' 운운하며 몇 개월 후 그 허망할 수 있는 여지에 자신을 슬며시 끼워놓고 싶은 속셈이 엿보이지 않는가.

여든 야든 윤석열이 침묵함으로써 빚어지는 유치한 언론 플레이 수준이니 국민들은 부디 현혹되지 말고 지켜볼 것. 다 합해서 10% 지지율도 안 나오는 잠룡감도 못 되는 잡룡雜龍들의 메아리다.

22

"석열 형! 세상이 왜 이래"

망해가는 왕국에는 항상 노래 가락♬이 먼저 민심을 출렁이게 만들었다.

심야에도 잠 못 드는 초나라 항우의 군영을 포위한 채 고향 생각이 나도록 가슴 저미게 불렀던 한나라 유방 군사들의 사면초가四面楚歌처럼. 과연 나훈아였다. 2020년 추석 연휴. 그날 KBS TV방송 순간 시청률이 무려 70%까지 올랐던 기적이 일어났다.

두 시간 내내 평균 시청률 30%대를 기록했던 폭발적인 관심은 무려 15년 만에 TV에 나와 '테스형'을 열창했던 74세 가황의 등장 때문이었다. 살다 살다 마스크로 입을 가리게 하고 추석 연휴에 고향에도 못 가게 했으니 그 분출구가 제대로 터졌던 셈이다.

"나훈아 1명이 국회의원 100명보다 낫다"는 네티즌들의 뜨거운 반응에다, "어떤 왕이나 대통령이 우리 국민을 위해서 목숨을 걸었다는 사람은 한 사람도 없었고 본

▲ 불의에 저항하라! KBS는 국민의 소리 듣고 같은 소리 내라!
무언의 메시지

적도 없다. 이 나라는 우리 국민이 지켰다"고 일갈하는
나훈아의 촌철살인이 누구를 겨냥하고 한 말인지 너무
나 시원했다.

"KBS는 다시 거듭날 것입니다"란 그의 우회적인 표
현을 들으면서 시청자들은 저항의 숨은 메시지에 동감
했던 것이다.

온 국민이 다들 웃는데 숨죽이고 지켜보는 청와대만

▲ 떠날 수밖에 없었던 검찰총장 윤석열의 마지막 악수

냉가슴이었다. 세상이 크게 잘못 돌아가고 있다는 가황의 돌직구에 대한 전폭적 지지였다.

'테스형'의 해학적인 가사는, 당시 윤석열 총장 한 사람을 찍어내기 위해 법무부 장관이 총대를 맨 공작과 민심 왜곡에 치를 떤 국민들이 "석열 형! 검찰이 왜 이래?"라고 묻는 것과 다름없었다.

살아있는 권력에 대한 수사를 하도록 당부했던 당사자 문재인이 몇 달도 못가서 그렇게 못 하도록 한 것은 그야말로 유치한 3류 코미디였다. 1년 이상 조국과 추미애에게 넘겼던 터무니없는 문재인의 칼자루 쇼를 보며… 국민들은 그 가사처럼 지금까지 '턱 빠지게 웃는 중이다.'

23

나라가 망해도 지키려했던 조국(?)

2019년 9월 이중인격자인 조국을 법무장관으로 임명하면서 레임덕을 자초한 그 시점부터 한 달 동안을 '조국 사태'라고 불렀다.

광화문광장에 주말마다 수십만이 넘는 시민들이 모여들어도 청와대는 입 다물고 모른 척 하다가 결국 35일 만에 장관 자리를 내놓았다.

한참 후인 2020년 8월, 소위 '대깨문'들은 뭐가 억울

한지 서초동에서 대규모 집회를 하
며 무려 3억이란 돈을 모아서 〈조
국백서〉를 출간했다. 이에 반박하
여 진중권과 서민 교수 등이 공동
으로 〈조국흑서-한번도 경험해보
지 못한 나라〉를 출간해 맞불을 지
폈을 정도다.

　온 국민이 다 아는 조국曹國은 부산 출신으로 서울에
서 활동한 더불어민주당 소속 유명인사다. 역시 같은 부
산출신 전 국회의원 김해영 변호사는 2021년 4월 7일
서울·부산 보궐선거에서 참패한 다음날 소신파로 나서
쓴 소리를 했다.

　"조국 사태에서 민주당이 너무나 큰 실책을 했다고 생
각한다. 저는 지금도 당에서 조국 전 장관을 왜 그렇게
지키려 했는지 이해할 수가 없다"고 실토한다.

　이어서 그는 "지도부와 일부 의원들이 어느 날 '조국

반대'는 '검찰 개혁 반대'
이고 이는 '적폐세력'이라
는 이상한 프레임을 가지
고 나왔다" 선거에 패한
자들이 뒤늦게 하는 책임
전가 식의 변명이 제대로
들리는가?

▲ 김해영 전 의원

▲ 더불어 뻔뻔해진 당의 총사퇴

이명비한耳鳴鼻鼾

　연암 박지원이 어리석은 이들에게 예를 들어준 이야기로, 이명耳鳴(귀울음)과 비한鼻鼾(코골이) 사례가 있다. 물놀이 하던 소년들이 귀에 물이 들어가자 갑자기 귀에서 매미소리가 들려서 친구더러 귀를 맞대고 들어보라고 했다. 아무리 들어도 친구 귀에는 들리지 않았고, 다른 친구가 들어도 마찬가지였다. 즉 자기 귀에는 들리는데 남들은 안 들릴 때를 이명이라 한다.

　"이명은 자기가 병적인데도 남이 안 알아준다고 난리고, 비한은 그다지 병이 아닌데도 남이 먼저 알고 싶어하는 것에 화를 낸다" 결국 둘 다 문제다. 나라가 망할 때는 매사가 이런 식의 소통이 먼저 화근이 된다. 도무지 위에서 국민들의 진정한 목소리를 들으려고 하지 않으니 광화문광장으로 100만이 모이고 300만이 모여서 탄핵을 외쳤던 것이다.

　심지어 외신들도 여권이 참패한 한국의 4·7 재·보궐

선거 결과를 놓고 냉소冷笑하여 "내로남불(naeronambul)"
이라고 표현한다면서 이를 영어로 소개할 정도였다. 월
스트리트저널(WSJ)은 "이번 재보선 결과가 차기 대선을 1
년 앞둔 한국인의 국민적 정서를 보여준다"고 지적했다.

  6년 전 조국은 당시 4·29 재·보궐선거를 4일 앞둔
상황에서 작심하고 손가락을 움직였다. "부정과 부패를
투표와 법률로 심판하지 않으면, 그것은 능력과 특권이
되고 만다."고 정의의 사도처럼(?) 트윗을 날렸던 것이
다. 자신의 말 그대로 부메랑이 되어서 더불어민주당 당
사를 덮칠 줄도 모르고. 서울대 법대를 만16세로 최연소
합격하면 뭐하나. 입만 뚫리고 귀는 꽉 막혔는데….

공정·정의·평등이란 시대정신을 입에 달고 다닌 자들의 위선적인 이중행태는 제법 오래 전부터였다. 2012년 3월 2일 조국이 자신의 트위터(@patriamea)에 올린 2건의 트윗을 전재해 본다.

1. 우리들 "개천에서 용 났다"류의 일화를 좋아한다. 그러나 부익부 빈익빈이 심화되고 '10 대 90 사회'가 되면서 개천에서 용이 날 수 있는 확률은 극히 줄었다. 모두가 용이 될 수 없으며, 또한 그럴 필요도 없다.

2. 더 중요한 것은 용이 되어 구름 위로 날아오르지 않아도, 개천에서 붕어, 개구리, 가재로 살아도 행복한 세상을 만드는 것이다. 하늘의 구름 쳐다보며 출혈경쟁하지 말고 예쁘고 따뜻한 개천 만드는 데 힘을 쏟자!

\# 그의 아내 정경심은 2020년 12월 23일 1심 판결(징역 4년에 벌금 5억원)로 투옥되었다.

24

문어文魚도 아는 문재인 레임덕

생선도 정권의 부침에 따라 인기가 오르내린다.

YS정권의 인기선물 통영 멸치 / DJ정권의 목포 홍어 /

MB정권의 포항 과메기 / 박근혜 정권 말기 남동해안을 떠

나서 멀리 북상했던 대구大口가 그렇다.

문어文魚는 생선 중에서 특히 아이큐도 높고 많이 배

운 편이다. 한때 독일 월드컵 경기 중에 세계적인 축구

도박사들이 경기 승패를 연거푸 알아맞힌 문어를 따라

서 고액 배팅을 한 적이 있었을 정도다.

영어론 쭈꾸미나 꼴뚜기도 같은 문어과 octopus이지만, 문어에게만 그 성씨를 각별하게 '글 文'자로 붙여준 것을 보면 우리나라에선 대접을 받는 셈이다. 단, 돌문어는 머리가 나쁜 문어가 아니라 바위나 돌 틈에서 살아서 그렇게 부른다.

옛사람들이 배운 사람을 '먹물'이라고 부른 것처럼 문어대가리엔 먹물이 가득 차 있다.

그 문어가 2021년 초 문재인 정권 말기로 갈수록 어

시장에서 쭈꾸미보다 몸값이 떨어져서 kg당 가격이 1만 원대까지 내려갔다. 문어 시세도 문씨 정권을 따라 폭락하는데, 그 레임덕을 그들은 왜 모를까.

바다에선 훨씬 덩치 큰 상어도 문어 다리에 휘감기면 그냥 잡아먹힌다. 작살로 무장한 스킨스쿠버들도 심해에서 잠수 중에는 문어의 공격을 가장 두려워하는 이유다. 일단 문어는 선제공격으로 먹물을 얼굴에 확 뿌리고, 당황하는 순간 긴 다리를 뻗어서 빨판으로 입에 문 호흡기를 잡아채니 꼼짝없이 숨이 막혀 당한다. 그래서 초대형 문어는 악마의 물고기devilfish라고 전설로 전하며 공포의 괴물로 통한다.

세균과 기생충

대구大邱는 2020년 초 중국 우한에서 온 바이러스가 신천지 교인들을 통해 전염된 후 가장 먼저 도시 봉쇄 수준의 비극을 겪었다. 문재인의 취임 공약 그대로 '한

번도 경험하지 못한 나라'를 경험했던 것이다.

2020년 2월이 되자 봉준호 감독의 영화 〈기생충〉이 아카데미상 4개 부분에서 상을 타며 세계적인 뉴스로 연일 난리가 났다. 그 좋은 이름들을 다 두고 왜 영화제목을 기생충으로 지었는지 참 찜찜하지 않은가. 세균과 기생충은 같은 환경에서 번식한다. 얼마나 언론에서 연일 떠들어대는 게 불편했으면 당시 트럼프대통령이 "그 빌어먹을 영화…"라고 끔찍한 혹평을 하기도 했다.

▲ 봉준호 감독과 문제의 영화 〈기생충〉 시상식

　문제는 대구광역시가 하필 2020년을 '2020 대구 · 경북 관광의 해'로 지정하여 널리 홍보까지 했으니 얼마나 바이러스가 서식(?)하기 좋은 슬로건이었을까? 게다가 비록 한자는 다르지만 바이러스가 창궐할 당시의 정세균 총리까지 '세균'이라는 이름으로 대구로 내려가서 체류했다.

문재인 부부가 아스트라제네카(AZ) 백신을 맞았는데도 안전성과 효과가 계속 의심받자, 정세균도 3월 26일 보건소를 찾아 백신을 맞는 현장에서 "세균이 백신을 만나면 어떻게 되는지 지켜봐 달라"며 스스로 조크를 했을 정도다. 결국 정세균도 대권 경선에 합류하기로 했으니 한동안 세균전(?)은 불가피하다

좌파정치가 망친 과학

부동산 폭등과 LH의 신도시 땅 투기는 전 국민의 분노를 폭발시켰지만, 정작 나라의 근본을 파먹는 행위는 다른 곳에 있었다. 정치와 교육현장에 좌파이념이 깊이 스며들어 원자력산업 같은 과학기술분야를 경시하여 미래의 국가경쟁력을 바닥까지 추락시킨 사실이다.

그 객관적이고 충격적인 통계를 두 가지만 인용해보자. 2000년 기준 OECD 조사에서 만 15세의 수학·과학 성취도는 과학 1위, 수학 3위였으나, 2018년 들어서

수학 6~10위권, 과학 5~9위권으로 추락했다.

　더구나 유튜버나 연예인을 우상으로 보는 초등학생들의 장래 희망직업은 더 참담하다. 2009년까지 과학자가 4위를 차지했으나 2015년에 8위로, 2019년에는 13위가 되어 관심 밖으로 밀려났다. 역시 2019년 조사에서 초등학교 4학년의 수학과 과학에 대한 흥미도는 조사 대상 58개국 중 최하위권(수학 57위·과학 53위)으로 전락하고 말았다.

　'과학입국 기술자립' 여덟 자를 구호로 1970년대 초부터 쌓아올린 박정희 대통령의 과학마인드가 고도성장의 견인차였다는 사실을 세계가 인정하는데도 이를 지속적으로 폄훼했던 참담한 결과다.

　오늘날 한류로 상징되는 영상과 문화 콘텐츠의 세계시장 진출도 조선업과 반도체 분야처럼 무려 30년 이상 인재 양성에 국가적 차원의 투자를 지속했던 성과물이다. 지난 정부의 성과를 적폐로 몰아간 결과, 그렇게

승승장구하던 삼성전자의 메모리 반도체조차도 2021년 들어 미국 바이든 정부에서 인텔이 진입을 선언하며 도전에 직면했다.

실체도 없는 '사람 사는 세상'이란 좌파들의 선동 전술이 언론을 동원해서 검찰개혁을 지상 최대의 과제처럼 몰아붙이는 동안 전 산업에 걸쳐 국가경쟁력을 잃고 말았다. 오로지 북한의 눈치와 선거판의 민심 왜곡에만 관심을 갖고 국론을 분열시키는데 주력한 좌파정권의 실상이 레임덕으로 드러나고 있다.

왜 새로운 우파 지도자가 등장해야 하는지에 대해 무슨 설명이 더 필요한가!

25

LH와 내장사

3월 2일

11시 민변 · 참여연대

LH(한국토지주택공사)투기

폭로

3월 4일

오후 2시 대검찰청

3월 5일

오후 6시 내장사

▲ 3월 2일 11시 민변 · 참여연대 LH(한국토지주택공사)투기 폭로

　윤 총장은 "이 사회가 어렵게 쌓아올린 정의와 상식이 무너지는 것을 더는 두고 볼 수 없다"며 "검찰에서 제가 할 일은 여기까지"라고 했다. 그렇게 3월 4일은 검찰총장이 살아있는 권력의 비리를 제대로 수사하지 못하도록 할 수 있는 온갖 압박과 술수를 부리다가 제대로 한 방 맞은 역사적인 날로 기록된다.

　참다 참다 인내가 다한 윤 총장은 "더 이상 출근하지 않겠다"는 부작위로 정치권에다 큰 불을 질러 벌렸다.

▲ 3월 4일 오후2시 대검찰청 1층 현관. "저는 오늘 총장을 사직하려
합니다. 이 나라를 지탱해온 헌법정신과 법치 시스템이 파괴되고 있다.
그 피해는 고스란히 국민에게 돌아갈 것"이라고 말했다.

그리고 다음날. 오후 6시 술에 취한 내장사의 스님이
홧김에 대웅전에 휘발유를 붓고 불을 지른다. 아무리 절
이 싫으면 중이 떠나면 되지, 대웅전에 불을 질러? 결국
애꿎은 부처님만 집을 잃었다. 내장사 대웅전의 불길은
사흘 만에 서울로 옮겨 LH의 투기 비리가 서울시장 선
거를 앞둔 모든 이슈를 삼켜버린다. 그 불이 '내로남불'
이었다.

▲ 3.5일 전소되는 전북 정읍 내장사 대웅전

▲ 3.11일 오전 "LH 임직원 등 공직자 투기 의혹" 개선방안 긴급 토론회

내 집 마련 꿈을 잃은 20~30청년들이 중심되어 LH와 정부를 규탄하며, LH 해체와 정부의 공직자 전수조사·투기재산 몰수와 투기이익 환수를 요구했다. 'LH'란 영어대문자가 한글 '내'자와 유사하여 패러디로 합성되며 일파만파 문재인의 레임덕을 갈수록 가속화시키는 중이다.

워낙 파장이 크다보니, LH 투기 의혹 폭로의 배후가 여당 대권후보 쟁취를 위해 기획된 '이재명 측근의 음모론'이란 설과 마침내 여당내부의 공작설까지 퍼지기에 이르렀다.

윤석열 '제3지대 신당' 창당 시 지지 정당
단위 : %

윤석열 제3지대 신당	더불어민주당	국민의힘
28.0	21.8	18.3

지피지기知彼知己를 모르는 좌파

보궐선거 사흘 전인 2021년 4월 4일 민심이 어디 있는지 모른 채 한겨레신문 성한용 선임기자는 일방적 선동조의 글을 썼다.

〈안철수·홍준표·유승민···'신기루 윤석열' 두려워할 이유 없다〉는 다소 긴 제목의 칼럼이다. 뭔가 모를 초조 감에서 야당의 분열과 갈등을 독촉하는 듯하지 않은가.

"지금 윤석열 전 검찰총장의 높은 지지도는 신기루입

니다. 반정치주의와 반문재인 정서가 결합해서 윤석열 전 총장 지지도를 밀어 올리고 있습니다. … 야권의 대 선주자들은 너무 초조하게 생각할 필요가 없을 것 같습 니다.

대통령 선거는 대선주자가 다른 주자들과 경쟁해서 이기는 과정이 아니라, 대선주자가 국민 앞에 자신의 모 든 것을 숨김없이 드러내고 평가받는 과정입니다. 결국 자기 자신과의 싸움일 수밖에 없습니다. 윤석열 전 총장 이라는 유령을 너무 두려워하지 마시기 바랍니다."라고 마무리했다.

그런데 그는 굳이 '신기루'나 '유령'이라는 단어를 동 원할 만큼 윤석열의 존재가 두려운 것인가? 성한용 대 기자의 '간절한 희망 사항'이라고 본다. 왜냐하면, 그는 지난 3월 8일 〈윤석열 총장, 정치하지 마시라〉는 칼럼 에서도 '될 수 없다'는 소제목을 달고, 윤석열 끌어내리 기를 노골적으로 선동한 적이 있었다.

"지금 여론조사 수치는 반문재인 성향 유권자들의 화

풀이에 불과하다. 거품이라는 얘기다. 진짜라고 믿으면 반드시 후회할 것이다. 대선주자로 나서려면 '왜 내가 대통령을 해야 하는지', '내가 대통령이 되면 무엇을 하려는 것인지' 정확히 밝혀야 한다. 두 가지가 없으면서 대선주자로 나서는 것은 사기와 다름이 없다. 유권자는 절대 멍청하지 않다"고 단언한 바 있다.

그건 한마디로 윤석열이 자신의 맘에 전혀 들지 않는 대권 주자란 사실을 천하에 고백한 데 불과하다. 윤석열이 안철수·홍준표·유승민 등과 전혀 다른 코스를 밟아 대권후보로 등장하게 된 핵심을 간파하지 못하기 때문에 나온 글이다. 지피지기知彼知己를 모르는 골수 좌파들의 속성이 대체로 그렇다. 한쪽만 보고 전개하는 억지 논리다.

문 정권의 실패에는 눈을 감고, 교통방송 김어준의 선동방송처럼 '믿으면 반드시 후회할 것이다', '사기와 다름이 없다'는 등 확신 편향으로 100시간 후의 서울·부산 선거참패를 호도한 셈이다. 혹시나 하는 역술가의 기

대처럼…틀려도 책임질 일은 없으니 대기자답지 않은 궤변誹辯으로 일관했다.

좌파에 점령된 문화예술계

할리우드는 이미 좌파가 점령한지 오래다. 제작진과 스텝부터 출연배우까지 압도적인 민주당 지지 분위기(2018년 지지정당조사: 민주당51%, 공화당14%)에 공화당을 지지하면서 주연배우로 살아남으려면 클린트 이스트우드가 제작하는 영화가 아니면 힘들다.

우리나라 영화계도 마찬가지다. 언론도 영화도 완전히 기울어진 운동장이 되어 누구도 감히 자신이 우파라고 커밍아웃할 수 없는 분위기다. 게다가 좌파정권하에서 지지기반이 된 문화 권력에 예산지원까지 더하니 운동장은 더 기울어진다. 메이저 TV / 일간지 / 잡지 / 인터넷신문은 물론이고, 검색사이트 구글을 비롯한 포털에서도 좌파가 주류로 자리 잡았다.

유튜브 / 페이스북 / 트위터 등의 영향력이 큰 SNS의 주요 CEO들이 좌파들이니… 심지어 트위터에선 우익 성향 검색단어가 포함된 글은 다른 사람들이 보지 못하도록 자동으로 차단되는 기능까지 있다.

심지어 좌파는 '내 삶을 책임지는 국가'란 말까지 한다. 겉으론 내 삶을 국가가 책임진다면 좋을 듯 보이지만, 그렇게 되면 국가가 내 삶을 통제하게 된다는 뜻이다. 공무원을 늘려서 세금으로 일자리를 만든다거나 정부와 공공부문이 최대고용주 역할을 해야 한다는 논리도 마찬가지다.

'정책은 의도로 평가해야 한다'는 슬로건으로 국민들을 현혹한다. 정책은 의도로 평가되는 게 아니고 결과로 평가하는 것임에도 선의를 가장하여 책임을 회피하려는 말장난에 대중들은 속아 넘어간다.

목련이 필 때까지…

"대한민국은 문재인 보유국이다" 이런 기괴한 표현은 박영선이 봉하마을에 갔던 길에 그날이 문재인 생일이라고 트윗에 올린 글이다. 여당의 서울시장 후보가 될 목적으로 문재인 귀에 들어가라고 대놓고 아첨한 대표적인 발언이다. 한국 정치사에 길이 남을 듣기조차 거북한 표현이었다. "북조선은 김정은 보유국이다"와 뭐가 다른가?

그리고 보궐 선거가 끝난 다음 날 아침 MBC TV는 출근길 날씨를 전하며 '속상하지만 괜찮아…#봄이야'란 자막을 상단에 크게 올려놓고 방송했다. 도대체 출근길

에 속상한 게 누구겠는가? 지난 밤 서울시장 선거 개표
결과를 본 민주당 쪽 사람들 아닌가. 박영선이 바로 그
MBC출신 아나운서였음을 감안하면 그야말로 어이가
없는 방송농단이다. 이쯤 되면 'MBC TV는 박영선 보유
방송'에 불과하다. 온갖 조작 선동도 안 먹히고 망가지
니까 지들끼리 위로한답시고 하는 꼴이 참.

서울시장 후보로 나서 두 번이나 지고 아직도 미련이
남았는지…페이스북에 올린 글이 "잘못된 것이 있다면

박영선을 나무라시고 내년 목련이 필 때까지 단합해주시옵소서. 서로 믿음과 신뢰를 잃지 않도록 해주시옵소서. 우리가 나아가야 할 길은 오직 하나 정권 재창출을 위해 매진하는 것"이라고 호소하고 있다. 추할대로 추해진 민주당의 몰골을 그 고운 목련의 자태를 빌어서라도 어떻게든 탈색해보려는 시도다.

27

도둑놈이 너무 많은 나라

"이 나라는 털끝 하나인들 병들지 않은 게 없다. 지금 당장
개혁하지 않으면 나라는 반드시 망하고 말 것이다"

1817년 다산 정약용이 저서 〈경세유표經世遺表〉 서문에
썼던 확신에 찬 글이다. 부패한 왕조를 개혁하려는 뜻에
서 쓴 책인데, 그게 얼마나 시급한 일이면 '지금 당장'이
라는 표현을 했을까? 2022년에 대선 후보가 말해도 그
리 과격하지 않은 확신 아닌가?

비밀리에 전해진 이 책 한권이 다산 정약용 사후 불과 24년 만에 녹두장군 전봉준(1855~1895)이 이끈 동학농민혁명으로 연결된다. 1848년에 〈공산당 선언〉이 발표되고 1867년 마르크스의 〈자본론〉 제1권이 나왔다는 것을 감안하면, 동학혁명의 주역으로 나섰던 농민들은 당시로선 참으로 일찍 의식이 깨어난 시민들이었다.

혁명의 불씨가 마침내 들불처럼 번졌고, 결국 다산의 예측대로 조선왕조 500년이 일본군에 의해 무너지기까지 불과 100년이 걸리지 않았다. 그 후 또 100여년이 지났으나, 소위 민주공화국에서도 선거라는 제도를 통해 위임받은 위정자들이 그런 짓을 계속할 수 있다는 사실은 아이러니다. 그래서 거리의 포장마차에선 "바꿔봐야 그 놈이 그놈이다"라는 자조적인 분위기의 대화가 팽배하다.

맘먹으면 민심도 능히 왜곡

　표본에서부터 신뢰가 안 가는 사이비 여론조사 사례는 말할 필요도 없고, 사전투표와 당일투표로 분산시켜 진행하는 투표과정과 개표결과도 의심스럽다. 총선이후 전국에서 제기된 재검표 요구 소송을 1년 넘도록 뭉개고 진행시키지 못하는 대법원과 중앙선관위의 모호한태도 역시 의혹투성이다. 맘먹으면 정권도 능히 도둑질할 수 있는 투개표 시스템 아닌가?

그러니 어디 LH만 부패했을까? 공직자들과 정치인의 미공개 정보를 이용한 망국의 부동산투기는 실상 늘 현재진행형이었다. 북한의 김여정에게 소위 '삶은 소대가리'와 '겁먹은 개'란 모욕을 받으며 20% 지지도로 추락하는 레임덕 상태에서 내세울 경선후보– 그가 누구든 간에 윤석열은 넘지 못할 벽으로 존재한다.

5

단일화
변수

28

운명을 사랑한 남자들

이재명과 홍준표의 아모르 파티Amor Fati

'아모르 파티'는 라틴어로 '사랑'을 뜻하는 아모르(Amor)와 '운명'을 뜻하는 파티(Fati)의 합성어다.

독일 철학자 프리드리히 니체의 운명관으로 삶을 긍정하고 사랑하는 태도를 의미한다.

das sei von nun an meine Liebe!

"이것이 나의 사랑이 되게 하라!"

니체는 필연적인 운명을 긍정하고 사랑할 때 인간이

위대해지며, 비로소 인간 내면의 창조성을 발휘할 수 있다고 보았다. 자신의 운명에 체념하지 않고 현실에서 겪는 고통까지 적극적으로 수용한다는 의지다.

그런 의미에서 이재명과 홍준표는 태생부터 고달팠던 인생역정과 변화무쌍한 정치적 경력 면에서 닮았다. 홍준표가 대학 졸업 후인 도전 6년 만에 사법시험을 합격한데 비해 이재명은 대학 졸업과 동시 4년 만에 합격할 정도로 야무진 승부욕이 있다.

이재명의 발설은 가볍고 때로 치명적인 반면 정치적으로는 운이 썩 좋은 편이다. 성남시장 시절 성남시가 재정적으로 파산할 수 있다고 엄포를 놓았던 이슈몰이가 성공했는가 하면, 박근혜 탄핵 광화문 촛불집회에선 제일 먼저 '박근혜 구속' 팻말을 들고 나와 당시 서울시장 박원순의 존재감을 잠식했다. 그 여세로 당내 경선 토론 중에는 문재인을 거치게 몰아붙인 미운털로 친문들의 기피인물이 된다.

제1 경쟁자였던 안희정은 성추문으로 퇴출되고, 박원순은 스스로 삶을 마감했으니 여권의 후보경선에서 부전승이나 마찬가지로 홀가분한 상태다. 특히 대법원까지 갔던 공직선거법상 허위사실 공표도 '표현의 자유와 숨 쉴 공간'이란 명분을 더해 파기 환송되었다.

이재명의 혀와 김부선의 입

그에겐 넘어야할 두 개의 도덕적 시험대가 있다
일본말로 '이치고이치에'いちごいちえ一期一会:
(일생에 한 번밖에 없는 만남)를 소홀히 한 업보業報다.

하나는 전화로 형수에게 했던 돌이킬 수 없는 거친 말. 하나는 민사 법정에서 억울함을 호소하는 배우 김부선의 발언.

"경선에 들어가서 이재명의 음성녹음 테이프만 종일 틀면 된다. 그걸로 낙마 시킨다"는 소문이 여권 내부에서 파다하다. 대선을 1년 앞두고 "모든 포털사이트에서 문제의 녹음파일이 급속히 지워지고 있다"는 유튜브 채널 〈가로세로연구소〉측의 폭로도 나왔다. 두고 보라는 친문들의 반응은 사실 이재명이 스스로 처리하기에는 껄끄러운 소재다.

김부선이 '신체의 비밀'을 알고 있다라는 민망한 말에 이재명은 신체검진까지 받아야했고, 사귀는 동안 "쌀 한 가마니 준적도 없다"라는 소리까지 들었다. 증거만 없을 뿐 정황은 오픈된 상태다. 대선 장외에서 전개될 흥미로운 소재 앞에 어떤 말로 빠져나갈지 그것이야말로 변호사 이재명의 스킬이다.

고장도 안 나는 홍준표의 벽시계

홍준표는 두 번의 당대표까지 거친 막강의 전국구 정치 거물이다. 2017년 3월 18일 대선 출마를 선언한 후에는, 이른바 "'성완종 리스트'와 관련하여 만약 대법원 판결에서 유죄가 나오면 노무현처럼 자살도 검토하겠다"
며 상상을 초월한 파격적인 발언으로 대법원에 직격탄
을 날린 적도 있다. 제1야당의 1호 당원인 박근혜의 출

파이낸셜뉴스
fnnews.com

홍준표 "대법원 유죄판결 나오면 노무현처럼 자살 검토하겠다" 🔊 본문듣기 ⚙ 설정

기사입력 2017.03.18 오후 4:07
최종수정 2017.03.18 오후 4:12

😀 10   💬 35   🔗   가   가

자유한국당 소속 대선주자인 홍준표 경남지사가 18일 대구 서문
시장에서 19대 대통령선거 출마선언을 하고 있다.

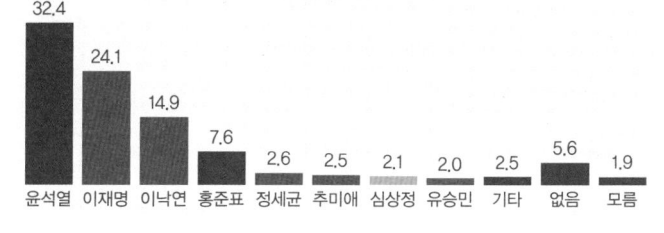

차기 대선주자 선호도
단위 : %

윤석열	이재명	이낙연	홍준표	정세균	추미애	심상정	유승민	기타	없음	모름
32.4	24.1	14.9	7.6	2.6	2.5	2.1	2.0	2.5	5.6	1.9

당과 제명을 주도한 과단성도 보였으나, 2017년 말 류여해 최고위원에게 한 막말로 망신을 당한 구설수를 겪었다.

검찰에서 독불장군으로 통하다가 전격 발탁된 풍운아로 오랫동안 'DJ저격수'로서 갈고닦은 내공에 25년 정치경력. 1999년 잠시 의원직을 상실했던 아픔까지 극복하고, 어떤 사안이든 정면 돌파하며 공개된 TV토론에는 주제와 관계없이 상대가 누구든지 논리로 압도하는 달인의 경지다. 손석희 앵커나 유시민, 김어준도 마이크 앞에서 홍준표와 마주하면 다들 공깃돌처럼 가벼운 존재들이다.

서울에서도 송파구와 동대문구를 거쳤고, 경남도지사와 대구 수성구까지 지역구를 네 번이나 옮기며 살아남은 맹장이다. 만약 이재명이 대선후보 레이스에서 홍준표와의 맞대결 토론을 피할 수만 있다면, 그야말로 행운의 여신이 준 선물이라고 할 수 있다. 구설口舌로 일어선 자는 구설로 사라지는 법. TV토론장의 벽시계는 지켜볼 것이다.

29

양아치와 하이에나

홍준표 의원의 말이 갈수록 독해지고 있다.

페이스북의 글도 덩달아서 독기를 머금고…

이재명 지사가 형수에게 전화로 했던 도가 넘은 언행을 '양아치 같다'고 하더니, 며칠 안 가서 검찰의 과거 속성을 들어서 '양아치 문화'였다고 표현했다.

귀에는 정말 쏙 들어오는 단어이나 듣는 양아치들은 진짜 열 받을 것이다.

하지만 순발력에 의해 나오는 막말의 이미지와 문자로 남게 되는 글의 품격은 크게 다르다.

마치 흐르는 물과, 비석에 새겨진 음각과 같은 엄청난 차이다.

왜냐하면, 요즘은 트위터나 카톡 문자·페이스북처럼 모든 정치적 표현이 SNS상 기록으로 남으니 더욱 그렇다. 실시간 주고받는 문자로 양아치와 싸우다가 똑같이 양아치로 변한 사람들 참 많다.

홍준표 자신은 결코 알 수 없는 생생한 실례를 그대로 들어본다.

미용실과 이발관은 입소문으로 여론이 확산되는 최전방 제작소로, 2017년 대선 투표 날 오후 12시경 종로 어느 이발관 내부 풍경이다.

10여 명의 장년들 가운데. 일부는 이발 중이고 나머지 의자에 앉아 대기하는데 … 마침 한 고객이 투표를 하고 왔다며 막 들어서자 한 사람이 궁금한지 물었다.

"누굴 찍었나요?"

그런데 즉시 나온 답이 명쾌하다.

"아 홍준표 그놈은~ 하도 막말을 해대서…"
그놈은~ 뒤엔 "사람은 참 똑똑한데"와 "안 찍었다"가
생략된 것으로, 마음 한구석엔 보수인 홍준표를 찍으려
생각하고 투표장에 갔다는 뜻이다.

그 유권자는 뭔가 홍준표가 TV토론에서 상대방에게
한 불편한 말을 선명하게 기억하는 듯 보였다. 문제는
아주 짧은 그 답변에 대해서 아무도 반응이 없었다는 점
이다.

평균 연령으로 봐서 당연히 홍준표의 지지자가 많을 듯
한데 한 명도 태클을 걸지 않았다는 사실. 그 장소는 평소
낯선 이들과도 서로 말이 오고 가는 곳이라 의아했다.

"그게 왜 막말인가요?" 혹은,

"문재인이 워낙 뻔뻔하게 거짓말을 하니 그렇지요?"
"그럼 안철수나 유승민은 어떻고?…"

등등의 홍준표를 옹호하는 말이 있을 법한데 누구도
꺼내지 않았다. 당시 다들 투표를 하지 않은 사람들의
반응이 그랬던 것이다.

그해 〈왜 홍준표인가?〉란 책을 쓴 필자로서 크게 깨
달았다.

그렇게 좁은 공간에서도 여론상으로 무조건 지는 선거였다. 진실과 정의, 이런 거와 관계없이 홍준표의 몇 마디 말씨들이 그들로 하여금 표를 줄 수 없는 인물로 결론짓도록 만들었다.

그 현상은 1995년 5월 서울시장 선거에 도전했다가 낙마한 5선 의원 박찬종의 케이스와도 아주 닮았다.

결국. 똑똑하면 뭐하나? 정작 선거 때는 표를 안 주는데.

30

유시민과 이재명

'정치기술자'란 용어는,

비슷한 캐릭터의 정청래가 2007년 9월 16일 쓴 칼럼에서

유시민을 두고 '사기후보'라고 직격탄을 날리며 쓴 비아냥

거림이다.

정치기술자 유시민

원문을 그대로 인용하면…

〈출마선언은 하되 완주하지 않는다. 이것이 나의 또 하나의 예언이다. 사기후보일 가능성이 농후하다. 99.9% 적중할 것이다. 레이스 도중 분명히 어떤 명분을 댈 것이다.(그 명분을 나는 알고 있다) 그리고 중도사퇴하고 특정한 '누구 지지선언'을 할 것이다.〉

그보다 4개월 전인 5월 14일에 쓴 칼럼은 더 신랄하게 씹고 있다.

〈나는 유 장관이 99.9% 대선에 출마할 것이라 생각한다. 왜냐? 그의 행적을 보았을 때 '안 한다면 하고, 한다고 하면 안 했기 때문'이다. 그가 첫 번째 국회의원이 될 때 당시 민주당 도움은 받지 않겠다고 했다가 결국 민주당 후보의 불출마로 당선되었다. 기간당원제가 목표지 당의장은 절대 안 나간다 했다가 기필코 나왔다. 참 손바닥도 가볍다.

지금 대선출마를 절대 안 한다고 하고 있으니 나는 반드시 출마할 것이라 확신한다. 참으로 거꾸로 생각하면 예측 가능한 정치인이다. 따라서 솔직하게 대선에 출마하고 활동하면 된다고 본다. 대통령만 팔지 않는다면....유시민 자체가 대단하거나 중요한 것이 아니라 항상 '노무현'이 오버랩 되는 것이 문제라서 그렇다.〉

결론은, 유시민은 예측 가능한 정치인으로서, 그의 말은 가볍고 믿을 수 없다는 뜻이다. 실제로 유튜브 알릴레오 방송과 김어준의 뉴스공장 인터뷰에서 보인 근거

없는 무차별 의혹 제기와 말 바꾸기 행태가 딱 그 정도 인격이다. 문제는 13년이 지난 지금 유시민은 과연 얼마나 변했을까 하는 점이다.

대선 1년을 앞두고 이재명이 일방적으로 친여주자로 부상하자 위기감을 느낀 친노세력이 서서히 본색을 드러낸다. 2021년 들어서자 유시민을 여권의 대체후보로 추대하려는 서명을 받고 다닌다는 소문이 무성하다. 그를 예전부터 물밑에서 지지해왔던 소위 과거 '시민군'들과 〈노무현재단〉이 주력군이다.

그는 TK 경주 출신에다 인지도 면에서는 단연 여권의 선두주자다. 보수 쪽에서 안티세력이 많음에도 불구하고 오랫동안 골수 지지층을 확보하고 있는 유시민의 등판은 단숨에 여권 주자들의 순위를 흔들 수밖에 없다. 누구보다도 TK 안동 출신인 이재명에게 치명상이 갈 것이다.

유시민은 2002년 한때 명계남, 문성근, 정청래 등과 만든 개혁당 간판으로 노무현이 대통령으로 당선되도록 엄호한 적이 있는 소위 '정치기술자'다. 일찍이 문성근과 함께 대중강연을 무기로 '노무현 시대'를 설파하여 당선시킨 대표 친노 선동가 출신이다. 이어서 노무현 사후 야당후보였던 문재인 당선에도 개입한 홍보전문가이기도 하다.

그 저력으로 매월 회비를 납부하는 6만여 명이 넘는 노무현재단의 수장을 2018년 이후 3년째 맡고 있다. 노무현재단은 자체적으로 120만 원의 교육비를 받는 총 10주 과정의 리더십학교를 운영하기에 조직과 자금 면에서 봐도 과거 전성기 노사모에 못지않은 파워를 가진 친노세력의 핵심조직이다.

반면 이재명은 노무현의 강의를 듣고 인권변호사의 길을 걸었던 이력에다, 노무현 이후 MB에 맞선 정동영 대선후보 캠프 비서실에서 수석부실장으로 뛰었으나 형편없는 표 차로 졌던 경험을 갖고 있다. 당시 두 사람은 대선에서 승리하고 패배한 경력의 차이만큼 정치적 위상이 크게 달랐던 셈이다.

그러나 정동영 패배 이후 13년이 지난 2020년 4월 19일. 유시민은 그의 알릴레오 유튜브 방송을 통해 이재명의 경기지사로서의 행정 능력에 대해서 직접 언급한 적이 있다.

"국민 누구도 이재명의 인품을 얘기하는 사람이 없지만, 지지자들도 일처리가 빠른 점은 인정한다", 코로나 19 사태 때 신천지 교회에 대한 강력한 초기 대응과 배달앱 '배달의민족' 대응, 불법 쓰레기처리, 계곡의 불법 구조물 처리 등에서 신속하게 해결한 능력 등을 예로 들며 높이 평가했다. 그동안 이재명의 체급이 크게 달라진 점을 인정한 것이다.

31

유시민의 족쇄

　2021년 1월 22일 유시민은, "누구나 의혹을 제기할 권리가 있지만, 그 권리를 행사할 경우 입증할 책임을 져야 한다. 그러나 저는 제기한 의혹을 입증하지 못했다"며 "사실이 아닌 의혹 제기로 검찰이 저를 사찰했을 것이라는 의심을 불러일으킨 점에 대해 검찰의 모든 관계자들께 정중하게 사과드린다. 어떤 형태의 책임 추궁도 겸허히 받아들이겠다"고 했다.

　"저는 비평의 한계를 벗어나 정치적 다툼의 당사자처

알라뷰 알릴레오 Live View
#노무현재단 #뒷조사 #밝혀라!

럼 행동했고 대립하는 상대방을 '악마화'해 공직자인 검
사들의 말을 전적으로 불신했다"며 "과도한 정서적 적
대감에 사로잡혀 논리적 확증편향에 빠졌다"고 인정했
다. 또한 노무현재단 후원회원과 유 이사장이 운영하는
유튜브 채널 '알릴레오'를 통해 의혹을 접한 시민에게도
사과의 뜻을 전했다. 한마디로 1년 만에 검찰에 확실하
게 꼬리를 내린 것이다.

　의혹의 당사자로 지목된 한동훈 검사장 역시 바로 입
장문을 내고 "유 이사장이 늦게라도 사과한 것은 다행
이지만, 부득이 이미 발생한 피해에 대해 필요한 조치를

검토할 것"이라고 밝혔다.

"저는 반부패 강력부장 근무 당시 유시민 이사장이나 노무현재단 관련 계좌 추적을 하거나 보고받은 사실이 없다. 여러 차례 사실을 밝혔음에도 유 이사장은 지난 1년간 저를 특정한 거짓선동을 반복해 왔고, 이미 큰 피해를 당했다"며 "구체적인 거짓말을 한 근거가 무엇이고, 누가 허위정보를 제공했는지 밝혀야 한다"고 했다.

특히 "저에 대한 수사심의위 당일 아침에 맞춰 방송에 출연해 저를 특정해 구체적 거짓말을 했다. 한동훈의 이름과 시기까지 특정해 방송에서 공개적으로 말하니 사실이겠지'라고 대중을 선동하고, 저의 수사심의위에 불리한 영향을 주겠다는 의도였을 것"이라고 설명함으로써, 유 이사장이 대중 영향력을 이용해 자신을 음해한 것이라고 주장했다.

때문에 유시민은 대선 출마를 선언하기 앞서 가벼운 입놀림으로 인해 검찰에 고발되어 발목이 잡힌 족쇄부터 스스로 풀어야 하는 운명이다. 결국 2022년 대선을 딱 1년 앞둔 시점인 2021년 3월 9일, 한동훈 검사장은 유시민을 상대로 5억 원의 손해배상 소송을 제기함으로써 목줄을 틀어쥐었다.

그럼에도 불구하고…유시민은 4.7 보궐선거가 끝나자마자 교보문고 유튜브 채널에서 실시간으로 진행한 '유시민과의 랜선 만남'에서 "신념을 지키면서 방법이 잘못된 적은 없는가"에 대한 질문에 대해, "신념 자체가 달라질 수 있다. 달라지는 것을 자연스럽게 받아들여질 필요가 있다"고 답변했다.

단지 그 답변 하나로 한때 유시민이 사외이사로 있었던 보해양조는 오후 들어서 1억8천만 주 이상 거래되며 상한가로 30%나 폭등했다. 친노의 부추김에 작전세력의 본색이 드러난 것일까? 어쨌든 유시민은 5월 초에 검찰에 의해 기소됨으로써 피의자로 전락했다.

32

윤석열과 홍준표의 단일화 변수

대선에 임박한 시기가 오면 피해갈 수 없는 변수.
직전 대선의 야당 1인자 홍준표와 다음 대선의 국민지지도
1인자 윤석열이 겨룰 숙명이다

　대선일정에서 경쟁관계인 대권주자들의 후보단일화
는 최고의 주요변수다. 가장 대표적인 경우가 2002년
노무현+정몽준의 단일화이고, 2012년 안철수+문재인
의 단일화이다,

전자는 이회창에게 뒤진 여론을 역전시켜 승리한 경우이고 후자는 단일화에도 불구하고 박근혜에게 패배한 경우다. 2022년 대선도 같은 경우의 수가 일어날 수밖에 없다.

필자는 2002년 8월 노무현 지지도 불과 13%였던 시기에 〈노무현도 못 말려〉란 풍자집을 펴낸 후, 이어서 대선 한 달 앞둔 11월 중순에 〈창을 깨는 노·정풍〉이란 단일화를 예견하는 내용의 원고를 넘겼다.

하지만 당시 열등(?)한 출판사가 이회창의 압도적 지지도에 겁을 먹고 원고를 그대로 뭉갰던 쓰라린 기억이 있다. 그런 예측 경험으로 단언하건대 홍준표는 이제 밑천을 전부 내보인 흘러간 강물에 불과하다. 2017년 대선에서 그가 받았던 득표율 24%는 제1야당을 보고 던진 표였다.

홍준표의 능력과 인물을 보고 준 표는 최대 10% 정도다. 당시 그 아닌 경상도 후보 누가 공천을 받았더라도 그만큼 얻을 수 있었다는 뜻이다. 24% 득표 속에는 감

옥에 있는 박근혜 지지표 마지노선인 15% 정도가 포함
되어 있었다. 대선 이후 4년간 여론조사에서 홍준표 후
보의 지지도가 줄곧 10%를 밑도는 것이 그 증거다.

　이 수치는 2012년 대선에서 51.6% 득표를 했던 박근
혜 자신도 착각했다. 그 득표율은 고인이 된 부모−박정
희의 업적에 대한 추모의 표 20% 내외와 육영수 여사에
대한 향수의 표 15% 내외가 포함된 것이다. 따라서 '선
거의 여왕'으로 추앙받았던 한나라−새누리당 시절의 득

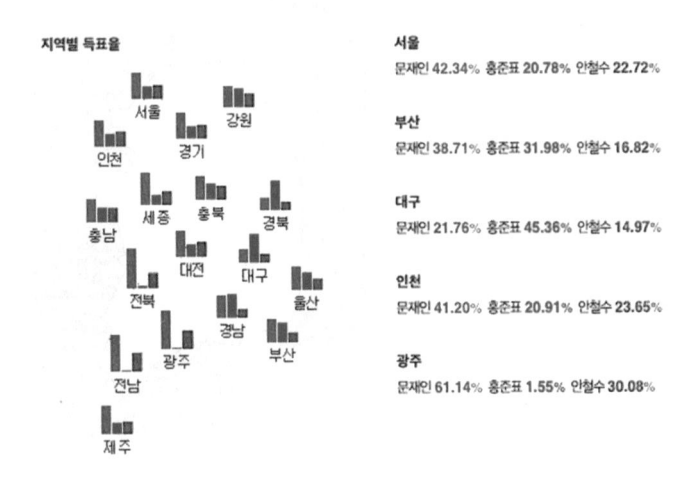

지역별 득표율

서울
문재인 42.34% 홍준표 20.78% 안철수 22.72%

부산
문재인 38.71% 홍준표 31.98% 안철수 16.82%

대구
문재인 21.76% 홍준표 45.36% 안철수 14.97%

인천
문재인 41.20% 홍준표 20.91% 안철수 23.65%

광주
문재인 61.14% 홍준표 1.55% 안철수 30.08%

▲ 2017년 대선 지역별 후보 득표율

표도 실은 애석하게 떠난 부모를 추모하는 국민들이 준격려와 동정의 표 합산에 불과했다.

그럼에도 불구하고 홍준표는 여전히 대권 꿈을 갖고 있다. 2021년 서울시장과 부산시장 보궐선거에 고려대 후배인 오세훈과 박형준이 당선되었기 때문에 자신의 대권후보 가능성에 대한 기대가 전 보다 더 커졌을 것이다. 하지만 두 사람은 각각 다른 이유로 선배를 배신했던 원죄가 있어서 바탕에 앙금이 사라지지 않은 상태다.

가장 공격적인 성향의 기질로 인해 야권후보 단일화에 대한 화합을 끌어내기 어렵다. 모든 후보를 상대로 아픈 말을 함으로써 모든 후보로부터 지울 수 없는 기억을 갖게 한다. 같은 검찰 출신 윤석열이 정치판에 정식으로 뛰어들기도 전에 역시 그런 시각에서 한 평가 '권력의 사냥개 노릇'이란 단어도 그렇다.

"언젠가 당할 수 있다는 것 진즉 알았어야"

홍 의원은 2021년 3월 2일, 윤석열 검찰총장이 중대범죄수사처(수사청)법을 공개 비판한 것에 대해 "권력의 사냥개 노릇하면 언젠가 당할 수 있다는 것을 진즉 알았어야 했다"고 페이스북을 통해 일침을 가한다.

문재인 정권에 대해, "벼락 출세한 중앙지검장을 앞

세워 이명박 박근혜 정권 적폐수사를 하며 그렇게도 모질게 정치보복을 하더니 집권말기에 와서 국가수사청, 공수처를 설치해 검찰 힘을 빼고 이제 와서 검찰 수사권을 마지막으로 해체하는 수순인 중수청을 설치한다"고 힐난했다.

설사 사실이 그렇더라도 자신이 오래 몸담았던 검찰 조직의 문화를 "조폭 같은 의리로 뭉쳐 국민 위에 군림"한다며 거침없이 비판하는 것은 좀 과한 편이다. 검찰조직이 총장을 지지하고 국민들이 공감했던 분노를 싸잡아 무시함으로써 자신이 얻는 그 무엇은 지지도의 역전일 터.

그게 궁극적 목표라면, 절제된 언어와 지도자의 품격이 입을 떠나서 손가락의 움직임에 달린 시대임을 자각하는 것이다. 설화舌禍보다 지화指禍로 상처받는 사람들이 훨씬 더 많다. 하찮은 댓글 몇 줄이 사람을 죽음으로 내몰지 않는가.

설상가상 야당의 검사 출신 초선 의원인 김웅과 벌이는 상호설전 단어들은 점입가경이다. 검찰 대선배가 졸지에 그냥 당한 격 아닌가.

　조국의 지난 행태를 보고 부디 반면교사反面教師 했으면…

6

JP 없는
20여 년

33

JP없는 20여년

두 번이나 총리를 지내고도 불운했던 혁명가.

충청을 연고로 누가 윤석열 만큼 대권 가능성을 보이는가.

1995년 5월 민선 1기 서울시장 선거에서 민주당 조순 후보가 42.4%(205만표) 득표로 시민연대 후보인 박찬종 의 33.5%(162만표)에 앞섰다. 당시 YS대통령 하의 정원식 전 총리는 여당 후보임에도 불과 20.7%(100만표) 득표로 3위에 그쳐 참패한 적이 있다. 야당 후보가 2명임에도 보수의 분열로 집권당이 패한 특이한 사례다.

가장 큰 패인은, 당시 제3당인 JP의 자민련이 독자 후보를 내지 않고 기다리다가 후보등록 직전에 전격적으로 민주당의 조순 후보 지지 선언을 했기 때문이다. 그 시기에 필자는 2년째 박찬종 대표의 정무특보로서, 그의 제의에 응해 여의도행을 할 때 내건 조건이 있었다. 그것은 "결정적인 시기가 오면, 반드시 JP와 연대해야 한다"는 것으로, 그는 쉬 동의했으나 이 약속을 지키지 않아 결별했던 것이다.

각종 여론조사에 나온 자신의 지지도에 함몰되어 혼자 힘으로 서울시장 쯤은 당선될 수 있다는 착각에 빠진 상태였다. 서초구의 5선 의원직을 내던지고 서울시장에 출마해야 뉴스원에서 사라지지 않는다는 논리로 출발했으나, 이후 다양한 무리들이 몰려들자 사람이 달라지는 게 보였다. 당시 JP는 제3당 자민련의 대표로 서울에서 충청표 25% 이상을 갖고 있었기에, 내심 후보 등록 전날까지 박찬종의 결정을 기다리고 있었다.

그 시기에 DJ쪽에서는 밀사들이 은밀하게 움직이며

JP를 꼬드기는데, 박찬종은 신문과 방송에 나오는 자신의 이미지에만 민감하여 이성이 매몰되어가고 있었다. 전국 대학을 돌며 강의하는 재미에 어떻게 하면 뉴스에 잘 나올까만을 생각하는 일상이 가벼워 보였다. 간헐적으로 "지금 뭘 하면 좋겠느냐?"는 질문에 "기자들과 연락을 끊고 산으로 가십시오!"라고 조언했으나 시큰둥한 표정이었다. 아마 귀에 들어오지 않았을 것이다.

결국 출마 전부터 10% 이상 앞서가던 지지율이 서서히 밀리면서 오히려 9%나 뒤진 2등으로 낙선했다. 그럼에도 불구하고 박찬종은 YS이후 대권 가능성으로 1997년 초까지 모든 여론조사에서 DJ를 훨씬 앞서 있었다. 하지만 견고한 이회창 지지 세력에 장악된 여당의 후보가 되지 못하고 모든 선거에서 연패하며 이른바 '거품인기'의 상징 인물로 전락하고 말았다. 안타깝게도 "독불장군에겐 미래가 없다"는 YS의 안목이 그대로 적중한 셈이다.

그로부터 2년 후인 1997년. JP가 이른바 'DJP연합'이란 DJ의 대선공약에 사기당한 지 올해로 꼭 24년째다. '김종필 대통령'은 결코 보장할 수 없는 공수표였고 그는 하늘로 떠났다. 순진한 충청도민들은 "나는 한 번도 거짓말을 한 적이 없다. 다만 약속을 지키지 않았을 뿐이다"라는 김대중의 소신(?)있는 혓바닥에 넘어갔던 것이다.

JP가 없는 충청대망론의 빈자리를 이회창과 이인제

▲ 2004.2.4일 자민련 김종필 총재(왼쪽)가 충북 제천 문화회관에서 최만선 지구당 위원장의 당선을 기원하며 "출사무적"이란 휘호를 쓴 뒤 뜻풀이를 해 주고 있다

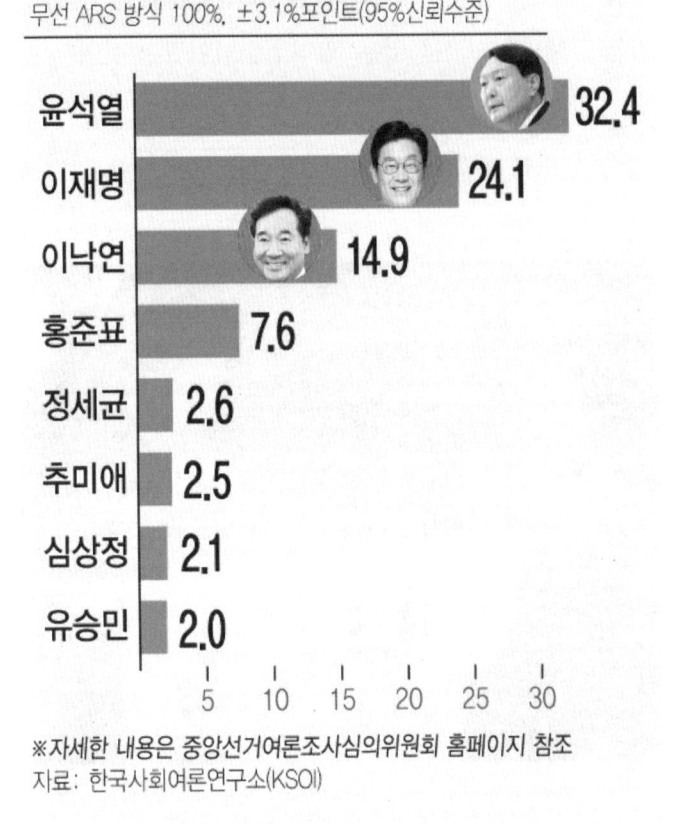

차기 대선주자 적합도 단위:%

3월5일, 응답률 6.1%(총 응답 1023명)
TBS 의뢰 의뢰 한국사회여론연구소 조사
무선 ARS 방식 100%, ±3.1%포인트(95%신뢰수준)

후보	적합도
윤석열	32.4
이재명	24.1
이낙연	14.9
홍준표	7.6
정세균	2.6
추미애	2.5
심상정	2.1
유승민	2.0

※자세한 내용은 중앙선거여론조사심의위원회 홈페이지 참조
자료: 한국사회여론연구소(KSOI)

21.03.08 안지혜 그래픽기자 hokma@newsis.com

와 반기문, 안희정이 들락거리며 연거푸 충청도에 실망
을 주고 2021년도에 이르렀다. 지금은 마지막 기회다.
이회창 이후 충청을 연고로 누가 윤석열 만큼 대권에 가
능성을 보이는가.

누가 전광훈에게 돌을 던지는가?

서울 성북구 장위동 언덕에 자리 잡은 〈사랑제일교회〉
그 부근은 원래 아파트 한 채도 없는 동네였다

처음 방문한 목사들은 "여기서 어떻게 교회를 시작했
느냐?"고 다들 놀랐다고 한다. 물론 2021년 5월 현재
는, 그 일대가 재개발을 앞둔 시점이라 대부분 주민들이
이사를 떠나서 더욱 황량한 바람이 날린다.

그런 오지에서 전광훈 목사는 '내 민족을 내게 주소

서!' 라는 슬로건을 교회 정면에 걸고 자신의 전부를 던져 하나님의 뜻에 따라 교회를 부흥시켰다. 이미 개척교회 시절부터 젊은 그를 답십리 주민들이 성자로 불렸던 이유가 있었다.

35년 동안 성도가 5천여 명으로 늘어나고, 30대 중반에 이미 전국의 교회를 순회하는 부흥목사로서 애국운동을 병행하기까지… 그의 삶은 누구도 따라하지 못하

▲ 동시통역을 통해 전 세계에 고발한 트럭 위의 단상 연설

는 고난과 신념의 사역이었다.

　그는 한미동맹 파괴와 자유시장경제 박탈은 전교조와 민노총 같은 좌파들의 역사 왜곡으로 인한 합작품임을 일찍이 간파했다. 제2차 세계대전 당시 나치 독일 치하에서 히틀러의 만행을 보고, "미친 자에게 운전대를 맡길 수 없다"며 앞장섰다가 처형된 디트리히 본 훼퍼 목사의 순교자적 선견지명을 실천하기로 한 계기다.

▲ 세종문화회관 앞에서 광화문거리까지 주일마다 어김없이 모였던
민주화열망 인파들

"먼저 그의 나라와 그의 의를 구하라.
그리하면 이 모든 것을 너희에게 더하시리라"
(마테복음 6:33)

2019년 6월 8일! '문재인 퇴진'이란 구호를 내걸고 청와대 앞 인도에 천막을 치고 단신으로 나섰다. 백척간두百尺竿頭에 선 대한민국의 현실을 간파하고, 무너지는 민주주의를 주사파로부터 구하기 위해 기꺼이 선지자로서

▲ 청와대 바로 앞길에 텐트를 치고 한겨울 밤을 지낸
문재인 탄핵 투쟁의 현장

고난의 길로 들어선 것이다.

이 결단은 언론이 완전히 막혔던 전두환 군사정권하에서 1981년 6월 9일 YS의 민주산악회가 처음 도봉산으로 오르며 민주화 의지를 불태웠던 것과 역사적 의미를 같이한다고 볼 수 있다. 그 민주산악회를 모태로 한 민추협의 탄생으로, 1983년 5월 18일부터 6월 9일까지 YS는 목숨을 건 '23일간 단식'을 통해 독재의 실상을 전 세계에 알릴 수 있었다.

전 목사가 주사파 정권의 언론독재와 불법에 순교자의 자세로 투쟁을 결심하고 불과 3개월. 그 고독한 대국민 호소가 유튜브를 통해서 마침내 온 국민들에게 알려지기 시작한다.

"의로운 분노가 없다면 썩은 인간이다"

10월에 이르자 주말이면 전국에서 광화문 광장으로

100만 명이 모여들었고, 마침내 10월 3일 개천절에는 건국이후 최대 인파인 300만 명 이상이 운집하여 폭발적인 호응을 얻게 된다.

광화문 사거리에서 시청 앞 로터리를 지나, 남대문을 넘어 서울역까지 모인 인파들이 인도는 물론 골목길과 아스팔트를 뒤덮었다. 위축되었던 교회들이 움직였고, 회개한 목사들과 기독교 신자가 아닌 국민들까지 전 목

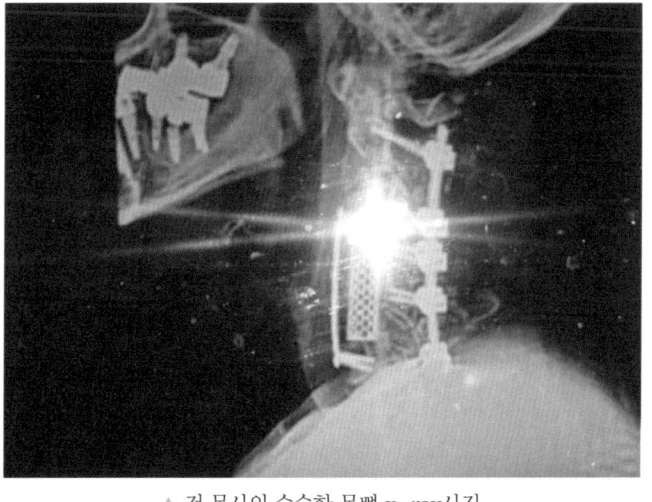

▲ 전 목사의 수술한 목뼈 x-ray사진.
수술로 철심 박힌 이런 상태에서 투옥되었다

사의 의로운 분노에 응답하고 나섰다.

　세계 기독교 역사 2천년 만에 나타난 성령의 뜨거운 불이 광화문광장을 운행하고, 주일마다 한겨울 광야교회에서 예배를 하는 사람들은 점점 불어났다. 웅장한 교회와 따뜻한 집을 떠나서 길바닥 텐트 속에서 밤새운 기독교 신자들…

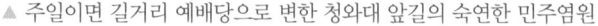
▲ 주일이면 길거리 예배당으로 변한 청와대 앞길의 숙연한 민주염원

그 불은 누구도 끌 수 없다

  2017년 촛불로 기만했던 좌파의 선동이 국민들 가슴에 분노의 불길로 지펴지는 동안 꼭 3년이 걸린 것이다. 그 한가운데 아스팔트 혁명을 주도했던 지도자 전광훈 목사가 우뚝 서 있었다. 선지자의 호소에 청년들도 드디어 응답하기 시작했다.

  피를 토하는 사자후獅子吼에도 불구하고 너무나 인간적으로 살아온 전광훈 목사의 헌신적 삶에 대해서 일반 국민들은 아직 5%도 모른다.

2020년 겨울 광화문광장

2020년 2월 16일 11시 주일 연합예배는 그야말로 장관이었다. 수도권에 대설주의보가 내리고 눈보라가 몰아치는 가운데도 광화문광장 4차선을 가득 메운 7천여 명의 성도들.

고무된 전광훈 목사는 연단에 오르자마자 천지창조 이후 세계에서 가장 아름다운 모습이라며 찬송가를 선도했다. 세계 어디서도 볼 수 없는 아스팔트 예배당의 찬송가는 더욱 힘이 붙었다.

　　"♪비바람이 앞길 막아도 나는 가리 주의 길 가리~
　　눈보라가 앞길 가려도 나는 가리 주의 길 가리… ♪"

　　"지금 턱이 떨리도록 추운 날씨라서 오늘은 설교를 짧

게 하겠다"고 말하자, 광장의 모든 성도들은 일제히 "춥지 않아요! 길게 하세요~"를 합창했다. 이날 설교의 제목은 '살아계신 하나님'이었다. 언 손을 불며 칠판에 제목을 쓰고 열정적인 설교를 시작했다,

하나님은 살아 있다

"하나님이 자신이 살아있다는 증거를 이 땅에 보여주셨는데, 바로 자연 속에 피조물 속에 흔적을 남겨놓았다. 하나님의 그림자를 보면 실체가 있음을 믿을 수 있다. 왜 자연이 하나님의 증거가 되는가? 우리가 정신없이 사느라고 신비한 우주의 존재를 잊고 산다.

우주의 크기는 속도를 보면 짐작할 수 있다. 광속은 1초에 지구를 7바퀴 반 돈다. 한밤중에 멀리 보이는 별빛은 빛의 속도로 50억 년을 가야 볼 수 있는 데 있다. 허블망원경에 보이는 별은 광속으로 150억 년을 가야한다. 그래서 오늘 밤에 본 별빛은 150억 년 전에 출발한

빛이다. 말할 수 없이 넓은 우주에다 하나님은 지구보다 천배나 큰 위성도 5조억 개 이상 뿌려놓았다.

태평양의 모래알보다 많은 수의 위성들이 다들 자전과 공전을 거듭하면서도 서로 부딪치지 않는다. 이 우주의 질서를 하나님이 주관하시는 것이다. 이런 대자연의 오묘함을 보고도 하나님의 존재를 의심하는 사람들이 있다. 신앙생활의 출발은 바로 하나님의 존재를 인정하는 것이다. 관광용 잠수함을 타고 심해 바다 속을 내려가 신비한 산호초들을 보면 하나님의 작품이 살아있음을 알 수 있다.

무엇보다도 나 자신의 존재 기원을 거슬러 올라가면 하나님의 존재를 인정하게 된다. 여러분과 내가 어디서 생겼는가를 계속 따져 올라가면 결국은 원숭이에 이르고, 원숭이는 아메바와 단백질을 거쳐 물질에 이르고, 빅뱅 이전에는 창조주 외에 거슬러 갈 곳이 없어 말이 막힌다. 세상의 가장 뛰어난 지성인은 하나님의 살아계심을 인정한 자이다.

내가 있다는 것이 곧 하나님이 있다는 것이다. 목이 마른 자가 물을 찾는 것과 같은 이치이다. 인간의 마음 속에는 원초적으로 신을 그리워하는 마음이 있다는 것이 신의 존재를 긍정하는 것이다. 믿습니까? 아들이 장 례식장에서 '아버지 나를 두고 어디로 가십니까?'라고 울부짖는 것은 하나님의 존재를 인정하기 때문이다.

성경 속에 하나님이 있다. 성경은 1500년 동안 38명이 쓴 인류에게 준 최고의 책이다. 책 중의 책 성경만이 정관사를 붙여서 'The Bible'이라고 부른다.

마지막으로 하나님의 살아계심을 체험한 사람들이 있다. 지구촌에는 죽었다가 살아난 사람을 만난 사람들이 무수하다. 이 자리에 모인 사람들이 다 하나님 때문에 만난 사람들이다. 믿습니까?

대표적인 무신론자로 철학자 니체를 들고 있는데, 어릴 적 실연으로 인해 '하나님은 없다'고 주장했다는 것이다. 그의 '신은 죽었다'라는 말은 니체가 단지 '신'이라고 상징된 '인간의 편협한 인식체계의 한계'를 타파하려 한 것으로 해석한다. 그도 마침내 죽음을 앞두고 '알지 못하는 신이시여 그대는 누구인가?'라는 말을 남기고 갔다고 했다. 주여, 믿습니까?

전 목사는 진화론을 주장한 찰스 다윈도 죽기 직전에는 자신의 이론을 부정하고 갔다. 그도 죽음을 앞두고 두려웠던 것이다. 사후의 세계와 하나님은 있는 것입니다. 결국 자연을 보고, 내 자신을 보고, 종교심을 보고, 체험을 통해서 하나님의 살아있음을 알 수 있다고 힘주었다. 본래 인간은 영과 혼과 육체로 되어있다.

인간이 원죄를 짓고 안테나가 고장 나서 하나님과의 교신을 못 하게 된 것이다. 영혼의 칩을 바꾸면 된다. 입으로 크게 부르면 고장 난 안테나가 작동하는 원리다. 믿습니까?"

마지막으로, "'주여~~~!!' 라고 소리 높여 간절하게 부르면 하나님은 반드시 응답한다"고 하며 '나는 주의 길 가리' 찬송을 선창했다.

이 길은 고난의 길 이 길은 생명의 길
나를 구원하신 주님이 신자가 지고 가신

"♪비바람이 앞길 막아도 나는 가리 주의 길 가리

눈보라가 앞길 가려도 나는 가리 주의 길 가리

이 길은 영광의 길 이 길은 승리의 길

나를 구원하신 주님이 십자가 지고 가신 길

나는 가리라 주의 길을 가리라~

주님 발자취 따라 나는 가리라~

험한 파도 앞길 막아도 나는 가리 주의 길 가리

모진 바람 앞길 가려도 나는 가리 주의 길 가리

이 길은 고난의 길 이 길은 생명의 길

나를 구원하신 주님이 십자가 지고 가신 길

나는 가리라 주의 길을 가리라~

주님 발자취 따라 나는 가리라~ ♪"

그날 성도들은 비닐우의를 덮어쓴 채 내린 눈을 머리에 가득 이고 두 손 들어 주님을 찬양했으니… 참으로 장엄한 장면이었다. 롱 테이크로 잡은 영상을 보면, 무대 가까운 이순신 장군의 동상에도 멀리 굽어보는 세종대왕의 용상에도 경복궁 기와지붕에도 눈이 소복소복 쌓였다.

예배가 끝나자, '선교한국으로 가자'는 템포 빠른 찬송가에 맞춰서 춤추는 백설이 축복하듯이 흩날렸다. 눈발 속에서 두 팔을 높이 들고 춤추며 마라나타 (maranatha–주님 어서 오소서)를 찬송하는 성도들의 밝은 얼굴을 본 적이 있는가! 그 광장은 바로 성령이 임한 곳이었다.

선교사가 들어오기도 전에 기독교인들이 세례를 받고
자 선교사를 이미 기다리고 있었던 유일한 나라. 세계
기독교사에 이런 나라는 결코 없었다고 한다.

그러나 어찌하랴! 하늘의 운이 거기까지인 것을⋯. 코
로나 방역을 구실로 광화문 집회 현장이 전면 폐쇄되고
2020년 4월 총선은 숱한 부정선거 의혹을 남긴 채 야당
이 참패하고 말았다.

충청도를 사랑하자

고향 가게에서 물건 하나 사는 것도 절절한 애향심의 발로

충청향우회중앙회 총재 김용래(2007년 기고 칼럼)

가끔 고향이란 나에게 어떤 의미가 있는가를 생각해볼 때가 있다. 또 오늘날의 충청인들이 옛날 선조들에 비해 어떤 평가를 받고 있는지, 어렸을 때 고향을 떠난 출향인사들에게 고향은 어떠한 의미로 남아있는지도 생각해본다.

고향은 사회생활에서 결코 떨쳐버릴 수 없는 향수이고 정서의 모체다. 하지만 고향은 때로 두 얼굴을 하고

우리를 갈등하게 한다. 사람들을 무서운 힘으로 일치단
결시키기도 하고 지역감정이란 망국적 분열로 갈라놓기
도 하지 않는가?

동향이라는 향수만으론 부족

동향이라는 정신적 향수 하나만으로 전국에 흩어져
사는 고향사람을 끈끈하게 묶어놓는 유대가 될 수 없다.
작은 인연이 닿더라도 서로 믿고 서로 끌어주며 상부상
조해가는 과정에서 향우간의 우애가 깊어져서 향우단체
의 존재의미가 더 커진다.

흔히 이르기를 우리 충청도를 충절의 고향, 충효와 예
의 본거지라 하고 듣기 좋은 의미에서 충청도 양반이라
고 부른다. 역사를 되돌아보면 결코 과장되지 않은 참으
로 당연한 말이다. 충청도 땅 어느 고장을 가더라도 충
신열사, 의사의 정기가 배어있지 않는 곳이 없다.

그러나 지금의 충청인들이 이 같은 유산을 과연 제대로 계승하고 있는지에 대하여 많은 사람들이 회의적일 것이다. 그 결과 세월이 흐르며 한때는 충청인들을 '핫바지'라고 비하시켰는가 하면, 심지어 '멍청도'라는 치욕적인 유행어를 선사(?)받기도 했다.

즉 역사 속에서 보면 충청인들은 빼앗긴 왕조를 다시 찾는 데는 가문도 목숨도 기꺼이 던지는 기개를 보였지만, 다시 찾은 나라를 가꾸는 과정에서 주도세력에 들지 못한 측면이 있었다. 스스로 소극적으로 변모한 게 아니라 오랜 세월 주류에서 배제되며 위축되어졌다고 봐야 한다.

작은 원인은 제쳐두고 우선 영호남에 비해 정치적으로 제 목소리를 내지 못했던 게 큰 원인이다. 대부분의 대통령선거에서 주체가 되지 못하고 종속변수가 되었다. 충청도 출신 대통령을 갖지 못한 탓에, 다른 지역에서 일찍이 세계시장을 상대하는 큰 기업들이 육성될 동안 우리 충청도가 순위에서 밀려나며 상대적으로 경제적 약자가 되었기 때문이다.

인재가 없어서가 아니라 애향심이 적었다

대한민국이 20세기 후반 반세기에 걸쳐 눈부신 성장을 할 동안, 충청지역경제의 낙후로 인해 충청인들은 직장을 찾아서 일거리를 구하기 위해 대거 고향을 떠나게 되었던 것이다. 고향을 사랑하지 않고 싫어서가 아니라 살아남기 위한 어쩔 수 없는 탈출이었다.

충청인 가운데는 정치, 경제, 사회, 교육, 문화, 예술, 행정 등 모든 분야에서 걸출한 인재들이 헤아릴 수 없이 많았지만, 우리 도는 그들이 역량을 펼칠 수 있는 기회를 주고 키우는 일마저 제대로 해내지 못하였다. 인재가 없어서가 아니라 애향심이 적어서 재원 마련에 소홀했던 것이다.

이런 결과들을 외부요인 때문에 발생한 것으로 치부하

여, 대안을 우리 세대에서 마련하지 못한다면 충청도의 미래는 계속 어두울 수밖에 없다. 충청의 선현들이 그러하였었듯이, 우리 스스로가 먼저 반성하고 천년 넘게 계승되어 온 충청인의 향풍(鄕風)과 정체성(正體性)을 지키고 되살리는 일에 최적의 수단과 지혜를 모아야 한다.

지난해 설립한 〈충청장학문화재단〉은 어떤 의미에서 가장 합리적인 역할을 할 수 있는 모체가 될 수 있다. 소수의 거액기부에 의지하는 소극적인 재단이 되기보다, 다수 충청인들이 십시일반의 애향심으로 참여하는 적극적인 재단으로 성장할 것으로 믿는다.

다행히 21세기가 개막되면서 우리 충청도를 둘러싼 역사발전의 환경은 많이 달라지고 있다. 예부터 역사발전의 3대 동력은 천시(天時), 지리(地利), 인화(人和)라고 했는데, 바야흐로 세계사의 큰 기운은 태평양을 건너 동아시아로 옮겨오고 있다.

핵심지역은 한국과 중국을 묶는 황해권역으로, 중국

에서 가장 가까운 거리는 산동성 위해시 용안현에서 아산만에 이르는 항로이다. 또한 세계화시대에는 사통팔달하는 하늘길이 열려있어야 하는데, 한반도 가운데 이미 청주국제공항이 있고 연기, 공주에는 행정중심복합도시가 건설되니 그야말로 천시와 지리가 제대로 맞아떨어지고 있다.

최근 몇 년 동안의 충청발전 청사진을 보노라면 살고 있는 재향인사들이나 타향에서 살고 있는 출향 인사들 모두 피부로 긍지와 자부심이 실감될 것이다. 이 절호의 천시와 지리를 우리 것으로 만들기 위해서는 무엇보다도 충청인의 인화가 중요하다.

충청향우회 중앙회의 행동지표로 향우사랑, 고향사랑, 나라사랑 세 가지를 내세우는 것도 바로 인화의 중요성 때문이다. 직설적으로 표현하자면...충청인들이 더 이상 남의 잔치에 기웃 가리지 말고, 향우들과 고향과 나라를 위해서 분연히 단합하자는 뜻이다.

서로 돕지 않은 충청인, 이용당하는 충청인, 단합 못하는 충청인 등등 이런 이야기가 타 지역 사람들의 입에서 다시는 거론되지 않게 해야 한다. 충절과 청풍명월과 선비정신을 행동으로 옮겨 기풍을 되살리는 것이다. 우리 선현들이 남긴 강직한 선비정신과 웅혼한 기상은 하루아침에 사라지는 가벼운 것이 아니다. 그 역사적 존재의 무거움을 우리가 알아야 한다.

500만 재향 충청인들과 700만 출향인사들이 뜻과 힘을 모아 서로 밀어주고 끌어주면서 키워가야 한다. 충청의 선현들이 쌓아올린 정신을 오늘에 되살리는 '엄청도(?)'인로서 웅혼한 기상이 필요하다.

추가로 자리 마련했던 충청향우회 신년인사

가까운 예를 들어보면, 충청향우회 중앙회가 지난 1월 26일 여의도 6·3빌딩 국제회의장에서 개최한 2007년도 신년인사회는 보기 드물게 성황을 이뤄서 화제 거리가 되었다. 전국각지의 충청향우들 1,200여 명이 참석하여 용광로와 같은 뜨거운 열기와 단합된 분위기를 연출하였다. 충청향우회 발족 이래 좌석이 모자라서 별도로 백여 석의 자리를 추가로 마련했던 일은 없었다.

비로소 충청인들도 각성하여 모이기 시작했고 단합하기 시작한 작은 증거라고 생각된다. 이날은 기상청에서 전국에 폭설이 내릴 것이라고 이틀 전부터 예보를 한터라 행사준비에 걱정을 했으나, 하늘이 충청인들의 정성을 알아주었는지 행사가 끝날 때까지 눈이 내리지 않았다. 인천, 경기 등 수도권 지역은 물론 멀리 부산, 대구, 속초, 제주 등 각지에서 향우들이 하나같이 모였다.

몇 권의 책이라도 충청의 후학들이 읽을 수 있도록 고향의 도서관에 기증하는 것도 돈 들지 않는 고향사랑의 표출이다. 버려진 고향의 폐가나, 어린이가 없어서 폐교해야만 하는 초등학교 교정까지, 우리 충청인들이 고향에 조금만 더 관심을 가지면 능히 살려낼 수 있다.

샤르르 드골 전 프랑스 대통령이 자신의 고향 콜롱베에 머리를 누인 것도 국립묘지에 자리가 없어서가 아니다. 마지막까지 온몸으로 고향을 사랑하는 마음이 있어서였다. 지미 카터 전 미국 대통령이 조지아주 농장에 거주하는 것도, 할일이 없어서 아니라 자신을 찾아오는 인사들에게 고향을 알리기 위한 애향심 때문이라고 생각한다.

명절이 되어 귀성하는 길에 일부러 고향마을 가게를 찾아서 물건 하나를 사주는 것도 절절한 애향심의 발로에 해당된다. 그게 비록 담배 한 갑 일망정 모이고 모이면 지방의 재정이 되고 살림살이가 윤택해지지 않겠는가! 우리 500만 재향 충청인과 700만 출향 충청인들이 모두 가슴을 활짝 열고 종횡으로 서로 연결하고 결속한다면, 충청 도약은 물론 나라발전에 큰 역할을 하리라는 것을 믿어 의심치 않는다.

37

마지막 포옹

[옮긴이 註]

아시아경제신문의 인터넷 칼럼 코너의 필진으로 활동했던 필자가
2009년 11월 11일 쓴 글입니다.
충남 아산출신의 日松 김용래(총무처장관/경기도지사/서울시장 역임)
선생의 마지막 날 일정을 정리한 글. 가슴이 짠해지는 글로 일독을
권합니다.

일송日松은, 충청향우회 중앙회 총재로 재임 중에 과
로로 작고하신 김용래 선생의 아호입니다. 일생을 공인
으로 사셨던 분의 유고집을 준비하며 들었던 이야기가

너무나 선연하기에, 2009년 2월 20일 오후에 평소와 달랐던 그분의 일상에 대해서 말해보렵니다.

그날은 이사장 취임 두 달여 되는 날로, 저녁에는 서울 강남구에서 당시 구청장이 초청한 재경 충청 향우들의 친교 모임에 참석하기로 예정되어 있었답니다. 오전 조찬모임에 연이어 중앙연구원에서 석·박사 학위 수여식 치사를 한 후 오찬이 있었는데, 그 자리에서 공개적으로 예상 밖의 질문을 받습니다.

– 이사장님께서는 평생 주요한 공직을 맡으셨고, 물러나신 후에도 대학에서 강의를 하시며 15년 이상을 왕성하게 활동을 계속하시는데 특별한 비결이 있으신지 궁금합니다. 우리 후학들이 귀감으로 삼을 말씀 한마디를 부탁드립니다.

"그 비결을 굳이 말하자면, 제가 오늘날까지 명예롭게 공직을 수행할 수 있었던 큰 힘은 아내로부터 결벽에 가까울 정도의 내조를 받았기 때문입니다. 만약 아내의 헌신적인 뒷바라지가 없었더라면 저는 이 자리에 서서 지금과 같은 질문을 받을 수도 없을 것이라고 생각합니다. 아내가 이렇게 깨끗하게 설 수 있도록 해주었습니다."

짧지만 명백하게 아내의 내조를 언급하자 참석했던 모든 분들이 뜨겁게 박수쳤다고 합니다. 그날따라 저녁 늦게까지 공식 행사가 더 남아있었습니다. 가는 곳마다 직접 연단에 서야 하는 빠듯한 일정이었기에 이동시간을 감안하여 서둘러서 서울로 돌아와야만 했지요.

다음 행사까지 빈 약간의 시간을, 日松은 잠시 짬을 내서 집에 들려 가리라고 맘먹었답니다. 압구정동의 자택은 28년 전에 분양받은 이후부터 이사 한번 없이 그대로 살고 있는 보금자리로, 그날도 아내(전통 장류 명장)는 여느 때처럼 앞치마 차림으로 장을 끓이는 중이었다고 합니다.

갑자기 현관문이 열리는 소리에 거실로 나와 보니 뜻밖에도 평소보다 더 환한 미소를 머금은 채 들어서는 남편을 볼 수 있었지요. 살면서 출근한 후에 저녁 일정을 앞두고 집에 들른 적이 없었기에 의아해서 물어보았답니다.

"아니, 이 시간에 어쩐 일로 들어오세요?"

日松은 거실에 들어서자마자 두 팔로 아내를 꼬옥 껴안으면서,

"당신이 보고 싶어서 들어왔지⋯."

대낮의 느닷없는 애정 표현에 당황한 아내가 반사적으로 몸을 사렸겠지요.

"집에 도우미 아줌마도 있는데 새삼 왜 이러세요?"라며 몸을 빼내자,

"있으면 어때요. 우리가 뭐 젊은 애들인가요?"

마음껏 하지 못한 포옹이 겸연쩍어서 먼저 방으로 들어서며, 先生은 뒤따르던 아내를 향해 말을 이었습니다.

"사실은 말이오. 오늘 오찬 자리에서 공직을 명예롭게 마칠 수 있었던 비결에 대해 질문을 받았는데, 전적으로 당신의 내조 덕분이었다고 말해서 많은 박수를 받았어요."

새삼스럽게 그런 말을 듣게 된 아내는, 좀 전에 밀쳐낸 게 좀 미안한 마음이 들기도 하고 일순간 가슴이 울컥하는 감정이 일어나 뒤에서 가만히 허리를 감싸 안으며 말했답니다.

"부족한 저를 그렇게 공개적인 자리에서 칭찬해 주시다니 몸 둘 바를 모르겠네요. 정말 고마워요"라며 등에다 뺨을 대자, 말없이 아내의 맞잡은 손등을 토닥거려 주었다고 합니다. 비록 짧은 순간이었지만 부부가 실로 오랜만에 알 수 없는 감회에 젖어 서로를 위무했던 뜨거운 포옹이었습니다.

그 후 안방의 작은 탁자에 앉아서 다음 행사의 연설을 구상하는지 잠시 깊은 상념에 잠겨 있다가, 두유 한 잔을 다 마신 후 다녀오겠다며 현관을 나섰답니다. 그렇게 배웅한 뒷모습이 마지막 발걸음이 될 줄을 누가 알았겠습니까.

저녁 7시가 넘을 무렵, 강남 봉은사 충청인들 초청 행사장에서 인사말을 마친 日松이 자리에 앉자마자 쓰러진 후 의식이 없다는 다급한 전화를 받게 됩니다. 이내 아내가 차를 몰고 시립병원을 향해서 내달리며, 황망하지만 스스로에게 정신을 차려야 한다고 눈물을 훔치며 암시를 걸었답니다.

비상등을 켠 채 왼손으로 핸들을 잡고, 오른손은 내내 경적을 누르면서 퇴근길의 강남 거리에서 간절하게 빌고 또 애원했겠지요.

"지금 제가 당신 곁으로 가고 있답니다. 제발 도착할 때까지 떠나지 말고 꼭 기다려 주십사!"라고 수 없이 되뇌이며, 천 리 길처럼 느껴지는 밤거리를 외롭게 질주합니다. 주위의 차들이 그 애절한 바람을 읽었는지 다들 썰물처럼 길을 열어주었지만, 日松은 그 시각 눈을 감고 혼자만의 긴 여행을 준비하고 있었던 것입니다.

그리움은 차선을 넘어서

그런데… 비통한 장례를 치르고 일주일쯤 지나서 집으로 날아온 9만원짜리 차선위반 범칙금 통지서 한 장을 받게 됩니다. 아내는 가슴이 미어지는 아픔을 누르며 기사를 불러 연유를 물어본즉,

울먹이며 하는 대답이 더욱 가슴을 때렸습니다.

그날 판교에서 학위수여식을 마치고 들어선 경부고속도로가 막히자, "차선을 위반하더라도 빨리 집에 들렀

다가 가야 한다"며 재촉해서 할 수 없이 그랬다는 대답을 듣게 되지요. 생전에 그런 식의 위반을 한 적이 한 번도 없었던 고위공직자니, 그건 아마도 곧 다가올 운명을 직감하지 않고서는 도저히 할 수 없었던 처신이라고 볼 수 있겠죠.

그 범칙금 딱지는, 차선을 위반해서라도 반드시 아내를 다시 보고 가야하겠다는 절절한 그리움의 징표로 남게 되었습니다. 그런 식으로 세상을 먼저 떠나서는 안된다고 암시한 준엄한 경고이기도 합니다. 결국 그날 낮의 포옹은 50년을 함께 산 부부로서 日松이 아내에게 해준 마지막 이벤트가 되고 말았지요.

평소에 쓰던 안경은, 주말이면 할아버지 곁에 와서 잠들었던 장손(고3)이 가져가서 제 책상 위에 두었답니다. 할아버지 방을 치웠다며 못내 서운해 하더니, 할아버지 생각이 나면 퇴교 길에 들러 장롱속의 베갯잇을 꺼내 코를 박고 한참동안 체취를 맡아서 보는 이로 하여금 더욱 가슴 아프게 만듭니다.

8살 손녀는 생전에 사용하던 할아버지 볼펜을 들고 추억처럼 사랑을 느끼고 생활한답니다.

주인 잃은 장마저 슬픔으로 몸부림 친 장독대

옛날부터, "大主가 떠나면 집안의 장이 뒤집힌다"는 말이 있었다지요. 아니나 다를까 실제로 日松의 장례가 치러진 다음 주에 장독 뚜껑을 열어보니, 무심한 간장은 아래 위가 뒤집어진 채 大主의 부재不在를 온몸으로 보여주었답니다. 그걸 다시 달이면서 흘린 아내의 눈물이 오히려 간장보다 농도가 진했을 것입니다.

종갓집의 간장조차도 슬픔을 가누지 못하고 비좁은 장독 안에서 몸부림쳤다는 사실을, 과연 겨울에 떠난 그분이 알고나 계실까요? 오늘 아침에도 현관에 벗어 둔 日松의 구두 두 짝은 반질거리는 코로 예전처럼 주인의 따스한 발을 기다리고 있었습니다.

이렇듯이 한 사람의 빈자리가 가족들에겐 애틋한 그리움으로 채워지고 있었습니다. 74년간의 역동적인 공인의 삶! 아무리 생각해도 너무 홀연히 가신 듯합니다. 늦가을 바람에 떨어지는 저 낙엽들도 다들 한 시절이 아쉬워서 손짓하고 가는데….

▲ 교보문고 특별 판매대에 비치된 '윤석열의 시간'

"저 끝까지 간다!"
상식과 정의를 위한 결단

화제의 신간!!

윤석열의 시간

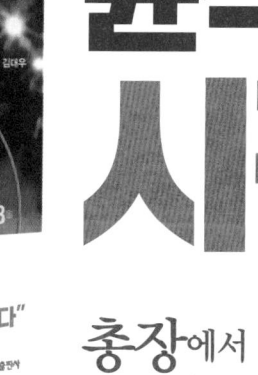

"나는 사람에게 충성하지 않는다"

총장에서 대권까지…

시사평론가 **김대우** 지음
140×200mm | 올컬러 | 264쪽 | 값 17,000원

차기 대선주자 지지도 양자대결 여론조사
가상 양자대결

이재명			윤석열
35.3%	12.6%	6.2%	**45.7%**
	없음	잘모름	

조사의뢰 : 오마이뉴스 | 조사회사 : 리얼미터 | 조사기간 : 2021.5.11~12
조사대상 : 전국 18세 이상 1천 12명 대상 조사(95% 신뢰수준에 표본오차 ±3.1%p)

태웅출판사   전화 : 02)515-9858~9 팩스 : 02)515-1950   홈페이지 : www.taiwoong.com
통신 판매 신고 : 제 2010-서울강남-02871호

윤석열의 시간

2021년 6월 5일 1쇄 발행
2021년 6월 20일 2쇄 발행

지은이 / 김대우
펴낸이 / 조종덕
펴낸곳 / 태웅출판사

주소 / 06059 서울 강남구 언주로 136길 28 (논현동) 태웅 B/D
전화 / 515-9858~9, 팩스 / 515-1950
홈페이지 / www.taiwoong.com
이메일 / taewoongpub@hanmail.net
등록번호 / 제2-579호
등록일자 / 1988. 5. 26

＊잘못된 책은 교환해 드립니다.
＊저자와 협의하여 인지는 생략합니다.
＊저작권법에 의하여 보호를 받는 저작물이므로 무단 전재와 복제를 금합니다.
＊정가는 표지 뒷면에 표시되어 있습니다.

ISBN 978-89-7209-270-4 13810